中公文庫

中央公論新社

目　次――あの日に帰りたい

主な登場人物

蓑島周平《みのしましゅうへい》　三十一歳　神奈川県松宮警察署雉子宮駐在所勤務。巡査部長。前任地の横浜では刑事だった。妻の花に静かな暮らしをさせたくて駐在所勤務を希望した。

蓑島　花《みのしま　はな》　三十三歳　周平の妻。横浜の大学病院の外科医だったが、ある事件で右手に重傷を負い、勤務医を辞めた。駐在の妻として生きることを決める。

品川清澄《しながわせいちょう》　五十八歳　駐在所のすぐ近くにある、歴史ある〈雉子宮神社〉の神主。周平と花の良き理解者となる。

品川早稲《しながわわせ》　二十三歳　清澄の一人娘で神社の跡を継ぐ予定。気が利き頭の回転も速い。周平と花の良き友人となる。

品川五月《しながわさつき》　六十一歳　清澄の姉。東京で一人で暮らしていたが、定年を機に故郷に帰ってきた。

坂巻圭吾《さかまきけいご》　二十七歳　〈雉子宮山小屋〉で働く数少ない村の若者。小屋の主人富田哲夫の甥。早稲と恋仲で、将来は結婚する予定。

佐久間康一《さくまこういち》　三十歳　子供の頃に雉子宮に住んでいた。横浜で暴力団のいざこざに巻き込まれたが今は村に住み、農業を営んでいる。機転が利くことから周平の手助けもする。

田村《たむら》良美《よしみ》　二十九歳　康一の内縁の妻。康一によって暴力団の手から救い出された。今は康一と共に農業をして暮らす。

昭憲《しょうけん》　五十六歳　雉子宮唯一の寺である〈長瀬寺〉の住職。一人暮らし。

高田《たかだ》与次郎《よじろう》　七十三歳　雉子宮で長年〈村長〉を務めているが現在は正式な役職ではない。

富田《とみた》哲夫《てつお》　五十二歳　登山者やハイカーの憩いの場である〈雉子宮山小屋〉の主人。坂巻圭吾の叔父。

小菅《こすが》　昭《あきら》　十二歳　春からは田平町立中学校の一年生。駐在所に出入りしている男の子。

田島《たじま》美千子《みちこ》　十二歳　春からは田平町立中学校の一年生。駐在所に出入りしている女の子。

加藤《かとう》正次《まさつぐ》　二十七歳　結婚して雉子宮で農業を始めた若者。以前は東京で自動車整備工をやっていた。

加藤《かとう》百合香《ゆりか》　三十歳　正次の妻。親戚が雉子宮に住んでいて小さい頃によく訪れていた。

田辺《たなべ》　篤《あつし》　三十二歳　雉子宮で果物農家を営んでいる。淳の兄。

田辺《たなべ》典子《のりこ》　二十九歳　篤の妻。篤、淳の兄弟とは幼馴染みの関係。

田辺《たなべ》　淳《じゅん》　二十七歳　雉子宮で果物農家を営んでいる。坂巻圭吾とは同級生。篤の弟。

佐伯《さえき》香子《かおるこ》　三十一歳　劇団で女優をやっているが、マリナという源氏名でホステスとしても働いている。篤は馴染みの客。

あの日に帰りたい　駐在日記

プロローグ　九ヶ月前

〈昭和五十年四月五日　土曜日。

神奈川県《かながわけん》松宮《まつみや》警察署雉子宮《きじみや》駐在所。

今日からここが、私と周平《しゅうへい》さんの新しい住居と職場です。初めての日に、日々のことをこうしてきちんと日記に残していこうと二人で決めました。周平さんは業務として「日報」と呼ぶ日誌を毎晩書くそうです。それで、私も一緒に日記を書くことにしたのです。〉

右手の指は、細かい動きや作業が不自由なほどに動きません。それでもこうして鉛筆を子供のように握って、ゆっくりと字を書くぐらいはできます。本当にまるで園児の頃の字のようになってしまうのがとても歯痒《はがゆ》いですけれど、頑張って毎日書いていくうちに指が動くようになれば、字がきれいになっていけば、励みになるのではないかと思います。怪我《けが》や欠損などで失われた身体機能を回復させるために、医療従事者が患者に推奨する運動やその活動がリハビリテーションという言葉で普及してきたのは、ここ十年ぐらいのことです。私も、まだ外科の研修医として働いていた頃から理解はしていましたけれど、まさか自分の身体《からだ》でそれを実践することになろうとは思ってもいませんでした。

〈今日の夜、ザ・ピーナッツが引退公演をしたそうです。さっきラジオでアナウンサーが伝えていました。私もザ・ピーナッツは大好きでした。あの二人をもうテレビで観られなくなるというのは、日本の歌謡界にとっても大きな損失ではないかと思います。〉

もっとも、山に囲まれた雉子宮は電波の状態が悪くて、テレビの映りがかなり悪いんだそうです。それはちょっと残念だなぁと思いますけど、しょうがないですね。ラジオも雑音混じりで聴き難《にく》いそうなので、周平さんは少し余裕ができたら性能のいいラジオを買おうかと言っていました。

でも、その代わりに、雉子宮では楽しい音がたくさん響くことに、やってきてすぐに気づきました。駐在所のすぐ向かい側にある川音川《かわねがわ》からは、その名前の通りに美しいせせらぎが絶え間なく静かに響いてきます。すぐ裏手にある雨山《あめやま》の方からは、野鳥の鳴き声もいろいろ聴こえてきます。風が山を渡り庭の木々を揺らし、さやさやと葉擦《はず》れの音がずっと流れてきます。

荷物の片づけをしているときに気づいて、どれだけの種類の野鳥の鳴き声が聴こえてくるんだろうと数えてみたんですけど、少なくともそのときには四種類の鳥の声が聴こえてきました。きっと、もっともっとたくさんいると思います。野鳥に詳しくないのがちょっと悔しくて、後で鳥の図鑑で調べてみようと思いました。これから夏になり秋になると、虫の声もたくさん聴こえてくるんでしょう。田んぼがあるから蛙《かえる》の声だって響いてくるはず。きっとものすごく賑《にぎ》やかになると思います。

今までずっと暮らしてきた横浜《よこはま》では、そんなにたくさんの音が聴こえてきたことはありません。あったのかもしれないけれど、忙しい毎日に鳥の声や虫の声に心を寄せることなんかなかったのだなと感じています。

〈明日は日曜日で休日です。駐在所というぐらいだから、一年三百六十五日お休みなどないのかなぁと思っていましたけれど、警察官は公務員。ちゃんとお休みがあって、駐在所も一応は日曜はお休みなんだとか。〉

たとえカレンダーでは休日でも、駐在所はいつでもいかなるときでも開いているものだそうです。誰かがやってきて頼みごとをされたら、警察官としてきちんと対応しなければならない。仮にまったく業務外のことであったとしても、地域の交番ではどんなことにも応対しなければならないそうです。

でもそれは、全然平気です。私の仕事であった医者だって休みなどはあってないようなものでした。緊急の手術で夜中に起こされたことだって何度もありました。それに、駐在所勤務の夫の妻として、一緒に忙しく働いていた方が気が紛《まぎ》れていいと思います。

皆さん、笑顔で迎えてくれました。この駐在所に周平さんのような若いお巡りさんがやってくるのは本当に久しぶりだと、神主の清澄《せいちょう》さんが仰《おっしゃ》っていました。

ごらんの通りの小さな村落で、悪い人なんかいないし、大きな事件なんかもまるでない。でも、村の行事はたくさんあって、それにはぜひ参加してもらいたいし、駐在所のすぐ裏の学校からは子供たちもたくさん押しかけるそうです。子供たちとも仲良くやってくださいよ、と、清澄さんが言っていました。

皆柄下郡《みながらしもぐん》雉子宮は、皆柄下郡田《た》平町《ひらちょう》から山に入ったところの一地区です。その昔は〈雉子宮村〉と呼ばれていて、今も住人の皆さんは自分たちのところを村と呼ぶことが多いそうです。今は田平町の管轄《かんかつ》で町役場もそこにありますが、かつては村役場もあって今は公民館となっています。正式な役職ではありませんが村長さんも毎年雉子宮の住民の中から選ばれて、お祭りなどの村の行事を取りまとめています。とはいえ、もう二十年も村長さんは高田与次郎《たかだよじろう》さんのままだそうです。

　全戸数は百二十一戸。住民は昨年の記録では五百十六名。そのほとんどが農業や林業関係の仕事をやっていて、見渡せば茶畑やみかんの木、様々な畑や田んぼが並んでいます。もちろん住民の中には田平町まで出勤する会社員の方も僅《わず》かですがいるそうです。

　山に囲まれていますから西沢《にしざわ》山系登山の入口にもなっていて、〈雉子宮山小屋〉という登山者向けの簡易宿泊施設もひとつだけあります。村の中を流れる川音川や中瀬川《なかせがわ》、木根川《きねがわ》という三本の川には、鮎《あゆ》や山女魚《やまめ》や虹鱒《にじます》などの魚もたくさんいて、知る人ぞ知る釣り場として、鍛えられた釣り人たちの集まる場所でもあるそうです。


〈本当に偶然で驚いたのですけど、神主の清澄さんの従兄弟《いとこ》さんが、横浜の、私が勤務していた病院の事務の方だったんです。名前は知らなかったのですけど、写真を見せてもらうとすぐにわかりました。世の中は狭いねぇとお互いに笑っていたのですが、その後に、清澄さんは静かに微笑《ほほえ》んで、事件のことは知っていますよと言っていました。大変でしたね、と。そして、ここでならきっとゆっくり養生できますよ、と優しく励ましてもくれました。〉

右手の指がほとんど動かないことを、医者でありながら直接的な医療行為ができないことをお伝えするのにどうしようかと思っていた部分もあったのですが、清澄さんは私が医者であったことは特に皆に教えないでもいいだろうし、怪我で右手が不自由であることだけはそれとなく皆に伝えておきますよ、と言ってくれました。

荷物を整理するのも大変でしょうと、娘さんである早稲《わせ》ちゃんを手伝いに寄越してくれました。早稲ちゃんは普段は神社のお手伝いをしているそうです。とても明るくて元気で可愛い女の子で、駐在所にも生まれた頃から出入りしているので勝手知ったる他人の家で、どんどん荷物を片づけたり、慣れない台所での作業の仕方も教えてくれてとても助かりました。

駐在所になっている建物が、実は江戸時代に建てられた問屋家というものの一部であって、古くて大きいのには本当に驚きました。

大きな瓦屋根の二階建てで横に長い、時代劇で観るような建物です。玄関を入ってすぐが、以前は畳敷きの問屋の荷受け所だったのでしょうけど、今は駐在所として土間に事務机が二つ並んでいます。上がり口から入ると黒い床の板の間になっていて、四畳半ほどの広さがあります。その脇の部屋が庭に面した縁側のある和室で、学校の子供たちのための図書室になっているんです。

壁に設《しつら》えられた本棚にはたくさんの本が並んでいて、学校の図書室の分室の役目も果たしていますー和室なのでごろごろしながら本を読めるのが素敵だと思います。医者になるときに小児科を選ぼうかと思っていたぐらいですから、子供は大好きです。今から村の子供たちと遊べるのが楽しみです。

そして、猫たちです。この駐在所には三匹の猫が寝泊まりしています。たぶん、十歳ぐらいの茶色のヨネと黒猫のクロ、まだ三歳ぐらいの縞模様《しまもよう》のチビ。農家ではネズミ取りのためにごく普通に猫がいるという話は聞いていましたけど、ここでもやっぱりそうで、この古い家に住み着こうとするネズミ退治のために昔から猫を飼っているそうなんです。たくさんの人が出入りする駐在所暮らしのせいか、三匹とも人懐《ひとなつ》こくて、やってきてすぐに私と周平さんに慣れてくれました。今も、チビが私の横の座布団の上に寝ています。猫は小さい頃に実家で飼っていて大好きなので本当に嬉しいです。

駐在さん、と呼ばれるお巡りさんのお仕事は、今まで横浜で周平さんがやってきた刑事さんとはまるで違うと聞きました。同じお巡りさんなのにこんなにも違うものかと驚くぞと、先輩の方にいろいろ聞いてきたそうです。

〈私も、駐在の妻として、電話番や駐在所の管理などの仕事があるそうです。それも、今までやってきた医者の仕事とはまるで違うのでしょう。でも、結局は人のため、を考えることだよ、と周平さんが言ってました。私もそう思います。この雉子宮に住む

人たちの暮らしを、安全を守ることを考えて、毎日を過ごしていく。そういう暮らしが、今日から始まったのです。〉

冬　日曜日の雪は、落とし物

〈昭和五十一年一月十八日　日曜日。

きっとすぐに笑い話になってしまうでしょう。少し不謹慎《ふきんしん》ですけれど、想像もつかないような出来事でした。

どんな悪党や悪人であっても、生まれたときからそうだったわけじゃない、と周平さんが話していたことがあります。たとえ極悪非道な犯罪者でも、子供の頃には誰彼《だれかれ》の区別なく、純粋な心を持っていたはずだ、と。

私もそう思います。子供たちの笑顔に嘘や誤魔化《ごまか》しはありません。ではどうしてそれが大人になるにつれて失われてしまうのか。あるいは犯罪に走ってしまうような性根になっていくのか。環境とか、教育とか、いろいろ考えることはできても、誰も答えは出せないのでしょう。

私たちは、ここで一緒に過ごす子供たちが、将来悪の道に走ったりしないように願うことしかできないのですけれど、せめて子供たちの思い出にたくさんの良いことを残せるようにしていこうと改めて思いました。〉

ぱちり、と眼が覚《さ》めました。

枕元《まくらもと》のオレンジ色の目覚まし時計は鳴っていません。

午前六時の三分前です。鳴り出す前に止めておこうと腕を伸ばしたら、冷気がひんやりと腕を包み込んできました。

毎日というわけでもないのですが、我ながらこうして目覚まし時計の鳴る前に目覚めることができるのは特技、と言ってもいいと思います。学校に通っていた頃もほとんど毎日そうでした。

でも、横浜で医師として大学病院に勤務していたときは、そういうふうに起きることはほとんどなくなっていました。泥のように眠って、目覚まし時計が鳴っても全然起きられないことは日常茶飯事《さはんじ》でした。働き出しても実家で暮らしていたので、仕事に支障を来《きた》すようなことはなかったのですけれど。

周平さんと結婚して雉子宮で暮らすようになってからは、またこうやって目覚まし時計の鳴る前に起きることが増えてきました。

もっとも、ここに来てからは、私たちより前からここの住人だった猫のヨネやクロやチビ、そして冬になる前に新しく駐在所にやってきた犬のミルに起こされることも多いんですけど、今日は起こされませんでしたね。

横を見ると、ヨネとクロとチビは、いつものように布団がほとんど乱れず真《ま》っ直《す》ぐに天井に顔を向けて寝ている周平さんの布団で一緒に寝ています。

猫たちがほぼ毎日周平さんの布団で寝るのは、きっと寝返りをしないので、一緒に寝ていても安心だからじゃないでしょうか。

冬は猫がいると温かくていいなぁ、といつも思うんですけど、たまにチビは私の布団にも入ってきてくれます。

ミルは、いつも寝るときには私たちの枕元に置いた大きな座布団の上で丸くなっていますけど、今日は眼を開けて私を見ていました。

起きたのに気づいたのでしょう。尻尾《しっぽ》を振っています。

「はい、待ってね」

周平さんを起こさないように、そっと布団から出ると、ミルもゆっくりと起き出します。欠伸《あくび》をして、伸びをします。犬も猫も寝起きは人間と同じ動作をするんですよね。

襖《ふすま》を開けるといそいそと歩き出して玄関まで行きます。

「はい、どうぞ」

雪が積もった外へミルが走って出て行きます。そして自分の小屋の周りで用を足すんです。躾《しつ》けたわけでもないのに、ミルはこうして朝の小さい方の用足しを必ず自分の小屋の周りでします。大きい方は散歩中です。

「寒いから早く戻ってきて」

終わるとすぐにミルは家の中に戻ってきました。いつも思いますけど、犬は雪の上を歩いても足が冷たくないんでしょうか。

ミルが来た日に周平さんと〈雉子宮山小屋〉で働く圭吾《けいご》くんが一緒に犬小屋を作ったのですけれど、広い家の中が気に入ったのか、ミルはずっと家の中にいます。

ここに来たときのミルはまだ本当に子犬でしたけど、この数ヶ月ですっかり大きくなりました。

お姉さんであるヨネ、クロ、チビよりももちろん大きくなって、それでも身体一杯でじゃれたりして、猫たちは迷惑そうに逃げてしまうこともあります。

「寒い！」

駐在所には大きな石油ストーブがあります。私たちが来る少し前はまだ薪《まき》ストーブが使われていたそうですが、広すぎるこの家を暖めるには石油ストーブの方が良かったです。

何よりも、滅多にないことではありますけど、駐在所では容疑者や逮捕者を一時拘留《こうりゅう》したり、あるいは事故などで動けない人を保護したりする必要もあるので、こうした冬の間の暖房設備は必要不可欠だからです。

ちょうど同じ頃に小中学校の全部の教室にも石油ストーブが置かれたそうです。寒い冬に子供たちが風邪《かぜ》をひいては大変ですからね。

コックを捻《ひね》って、マッチを落として火を点《つ》けます。スイッチを入れると風が送り込まれて、中で火が大きく燃え始めます。

かなり大きな石油ストーブなので、駐在所の事務室だけではすぐに暑くなってしまうのですが、隣の図書室になっている座敷や、台所、それに寝室の方の襖も開けていくと、ちょうど良くなっていきます。

ストーブの上には水を張ったたらいを置きます。こうするとこれがお湯になって便利なのですよね。煙突にはめ込んで使う湯沸《ゆわ》かしがあるんですけれど、それもそのうちに備品として買おうって先日話しました。

冬の朝はいつでもお湯が使えると本当に助かりますよね。歯を磨《みが》くのも顔を洗うのも、さすがに井戸水は冷たくて冷たくてたまりません。まだ水道水の方が温かく感じられるぐらいです。

ご飯を炊いて、お豆腐と葱《ねぎ》と蕪《かぶ》のお味噌汁《みそしる》を作って、鮭《さけ》を焼いて目玉焼きも作ります。周平さんは固く焼いた方が好きなのですけど、私は半熟なぐらいが好きなのでいつも別々に焼きます。

「おはよう」

「おはよう」

　寝室に戻っていったミルが周平さんを起こしたみたいです。猫たちはまだ布団の上とか中でしょうか。

「まだけっこう雪が積もっているね」

「そうみたい」

　周平さんが窓から外を眺めます。

「横浜ではこんなに何日もの間、積もっていることはあまりないよなぁ」

「ちょっと多いかもね」

　この辺りは山の影響で、冬になれば雪が積もることがけっこうあると聞かされていましたからさほど驚きはしませんでした。横浜にだって雪が降ることはあります。少しですが積もることだってありました。

　でも雪がこんなに長い間積もっているのを見るのも、もちろんそこで過ごすのも初めてです。

　台所では食事のときにこの家にあった卓袱台《ちゃぶだい》をずっと使っていたのですが、木工が得意な圭吾くんが犬小屋を作ったときに、ついでにと前から周平さんと話していた食卓テーブルも作ってくれました。材料の木は、全部この辺りの山から切り出したものを使っています。

椅子《いす》は、小学校で昔に使っていた古いものが駐在所の物置にありましたので、それをちょっと直して使っています。座布団を作って座面に置けば、今でも充分に使える立派な椅子です。

「早稲ちゃんが言ってたけどね」

「うん」

猫たちとミルにもそれぞれに朝ご飯をあげて、いただきますをして、いつものように二人で朝ご飯です。

「ここまで積もるのは珍しいかなって。たぶん十年に二回とか三回とかあるかないか、そんな感じだって」

「そんなにかぁ」

「そんなになんだって。神社でも雪かきが大変だったって。特に階段は滑って転ぶ人がいたら困るから」

「ある意味ではいい年に赴任《ふにん》してきたのかな」

「一度経験しておけば、あとは楽だものね」

「そういうこと」

駐在所のパトカーであるジープのタイヤも、十二月にはスパイクタイヤに替えました。

バイク用のスパイクタイヤはないので、雪が融《と》けるまでは乗れません。転んで怪我でもしたら、本当に仕事に差し支えてしまいます。なので、雪が積もっている間はバイクも自転車も納屋《なや》にしまい込んであります。

今日は日曜日。

基本的には、周平さんはお休みです。でも、駐在所のお巡りさんに休日はあまり関係ありません。事件や事故はいつ起こるかわかりませんし、事件や事故などなくても、駐在所にやってくる人は毎日います。

「今日もミルの訓練をやろうかな」

「やるの？」

「いつ何時、役に立つかわからないからね」

ミルを警察犬のような犬にしようと、周平さんは考えているんです。それというのも、ミルがとっても賢い犬だったからです。

この家に来たときから、人懐こくて、そして粗相をまったくしない犬だったのです。じゃれたりはもちろんしますけど、何かを齧《かじ》ったり悪戯《いたずら》したりということをしませんでした。もちろん首輪はつけていますけど、鎖に繋《つな》がなくても勝手にどこかへ行ったりしません。野球のボールを投げて取ってくるのも、すぐにできました。

一ヶ月ほど前でしたけど、小学校三年生の田中楓《たなかかえで》ちゃんが、手袋を片方拾ったのです。

女の子用の手袋だったのですけど、名前も入っていませんでしたし、拾った楓ちゃんも誰のかわからないとのこと。

周平さんがパトロールに出ていたので私が預かって保管しておこうとしたのですが、犬好きの楓ちゃんがミルと遊び出したので、ほんの冗談のつもりでミルに「この匂《にお》い誰のか、わかる？」と手袋の匂いを嗅《か》がせたのです。

すると、ミルが、ワン！　と吠《ほ》えて外に出て、地面の匂いを嗅ぎ出したのでびっくりしました。そして、跡を辿《たど》るように歩いていくのです。

これは！　と、楓ちゃんと顔を見合わせ、ちょうど来てくれた早稲ちゃんに留守をお願いして手袋を持って二人でミルの後をついていったのです。

あちこち回りましたけど、最終的に辿り着いたのは村の入口付近の奈々川《ななかわ》さんのお宅でした。

奈々川さんの家には小学校二年生の保奈美《ほなみ》ちゃんがいて、手袋は保奈美ちゃんのものだったのです。保奈美ちゃんも犬が大好きで、その犬が手袋の落とし主を探してくれたと知ると、喜んでミルを抱きしめていました。

その結果に周平さんは本当に驚いて、喜んだのです。

「警察犬の資質がある犬っていうのは本当に少ないんだ」

「そうなのね」

「しかも、小さい頃から訓練をして身に付けていくんだけど、まるっきり何もしてないのにミルがそういうことをしたっていうことは本当に凄《すご》いことなんだ」

周平さんは動物は何でも好きですけど、犬が一番好きですよね。さすがお巡りさんだけに、という冗談は言わないですけど。

「でも、ミルは雑種よね？　警察犬ってシェパードじゃないの？」

「いや、別にシェパードじゃなきゃ駄目ということじゃないよ。他にもいろいろな犬種がある。もっとも雑種では正式に採用はされないと思うけどね」

「採用まで考えていたの？」

「そこまではさすがに考えてないよ」

日曜日は周平さんも警察官の制服には着替えません。ちょっと前までは落ち着かないとかで制服を着ることもありましたけど、休日用のちょっとした服があればいいのではないかと、日曜日には作業着の上着だけを着るようにしました。〈県警〉と書かれた紺色《こんいろ》の腕章を着けっぱなしにしています。今は寒いので普段着の毛糸のセーターを着て、その上に紺色の作業着を羽織っています。

朝ご飯を終えて、後片づけやお洗濯などの家事をする前に一仕事です。

「ミルの散歩行ってくるね」

「今日は僕が行こうか？」

「ううん、大丈夫」

周平さんは普段からパトロールで村の中を走り回っています。家の中を守るのが私の仕事ですけれど、あちこち歩き回れるのはいいなぁ、と思っていたので、ミルと散歩できるのはけっこう嬉しいんです。

体力作りにもなるし、何よりもあまり駐在所に来ない人たちとも知り合いになれます。

毛糸の帽子を被ってスキー用のヤッケを着て、長靴を履いて出かけます。ミルは紐《ひも》をつけなくてもちゃんと歩くのですけど、一応念のために紐を持っていきます。

「行くよー」

ミルが喜んで飛び出していきます。雪が積もってからははしゃぎ方が一段と増していますす。やっぱり〈犬は喜び庭駆け回り、猫は炬燵《こたつ》で丸くなる〉という歌は本当なんだなぁと実感します。

でもどうして犬は雪が降るとこんなに喜ぶんでしょうね。

ミルがハッハッと舌を出しながら走ったり、私が来るのを待っていたり、足元にじゃれついてきたり、そして大きな方の用足しをしてそれを片付けたり。散歩は長いときには三十分も四十分も続きます。冬は寒いかなと思っていたんですけど、犬と一緒に真剣に歩くと、けっこう身体は温まってくるものです。陽射《ひざ》しの強い日なんかは少し汗ばむこともあるぐらい。

村の真ん中を走る県道は舗装《ほそう》されていますけど、脇道に入ったりすると、まだ砂利《じゃり》や土の道路もたくさんあります。雪が積もっている間は濡《ぬ》れるだけでいいですけど、雪が融けると犬のお腹が泥だらけになったりしますよね。

そうやって犬と暮らすことにもすっかり慣れました。

もちろん、猫たちとの暮らしにも。

ヨネとクロは冬になる前は好き勝手に家やその周囲を歩き回っていました。もちろん村には他にも猫はけっこういますから、それぞれのテリトリーがあるんでしょうね。ときには喧嘩《けんか》して怪我をしてきたこともありました。

チビは、臆病《おくびょう》なのかまだ若いせいなのか、ほとんど家の中にいます。遊んでほしいと言っているのか、足に勢いよく絡まってきたり、すりすりしてくることもありますけど、大抵はヨネとクロ、それにミルに飛びついていって遊んでいます。

休日はあってないようなもの、と言いましたが、休日も平日も関係なく、村の日々は大抵は何事もなく過ぎ去っていきます。

ここに来てから大きな事件らしい事件もひとつふたつありましたけれど、どれも報告するような事態にはしませんでした。その他に、警察官である周平さんが出張《でば》って行くような出来事は、せいぜいが農家の皆さんの寄り合いでの、誰かと誰かが酔っぱらっての喧嘩ぐらいでした。

特に今、冬の間は、農家の男性は近隣の街に出稼ぎに行くことも多く、人数が少なくなっています。出稼ぎ先が近くならば毎日帰ってきますけど、工事関係で遠くの街へ泊まりがけで出かけることもあります。丸々二ヶ月帰ってこないという人もいます。そうしないと冬の間に作物ができない農家さんは暮らしていけないのです。

冬の間は家が女性と子供だけのところも多いので、周平さんはそういうところをいつもより気にかけてパトロールをするんです。

「ただいまー」

「お帰り。何事もなかった？」

「うん」

駐在所の机に向かって、周平さんがもう仕事をしています。

「誰かに会った？」

「ホタル先生に会ったわ。ほら、職員住宅の脇の杉の木あるでしょう？　大きな」

「うん」

「あそこの枝に積もっていた雪が落ちて、雨山の道を塞《ふさ》いじゃったから、それを雪はねして、どけていた」

「え、手伝わなくて良かった？」

「大丈夫。校長先生も木下《きのした》先生も一緒になってやっていたから」

小学校のすぐ裏は雨山です。どうして雨山という名前がついたかは、村の生き字引でもある神主の清澄さんも、村長の与次郎さんもわかりません。雨山は特に大きな山でもなく、獣道のような小さな道があちこちにあり、ずっと山頂まで続いていますから、子供たちの遊び場でもあります。

ミルの身体を拭《ふ》くとすぐに上がっていって、猫たちを探して歩き回ります。

着替えて、やかんにお湯を沸かして周平さんにお茶を淹《い》れます。自分の分も淹れて、家事をする前にちょっと休憩です。この大きなやかんはたらいと交換して、ストーブの上に置きます。こうしておけば常にお湯が沸いていて、誰が来てもすぐにお茶とか淹れられるんです。

警察官の仕事は書類仕事が多いんだよ、と、結婚前から聞かされていましたけれど、こうして日曜日もずっと一緒に暮らす日々にはそれを実感できます。

とにかく、少しでも時間があると周平さんは書類を書いています。それは日報だけではなく、住民台帳に付け加える事柄とか、この辺りの詳しい地図に書き込むさらに細かい様子とか様々です。

特に、写真が得意で家に暗室も作ってある周平さんは、パトロールの最中にあちこちの写真を撮り、それを大きなスクラップブックに貼り付けてこの辺の写真入りガイド帳のようなものも作っています。

私もまだ行ったことのない場所もかなり多く、そこには写真と一緒に書き込みもあります。

「そういえば、権現滝《ごんげんだき》ってあるじゃないか。聞いたことあるよね」

周平さんが作業しながら言います。

「うん」

山に囲まれて川音川や中瀬川、木根川といった川も多いこの辺りには滝もけっこうあります。地元の人もほとんど知らない小さな滝もありますけど、権現滝は登山のコースからも見える、大きめの滝です。行こうと思えば近くまで行けないこともないのですけど、きちんとした格好をしなければなかなか難しいところにあります。

「この間、与次郎さんと話したんだけどね。昔はあそこは自殺の名所って呼ばれたこともあったんだってさ」

「自殺」

思わず顔を顰《しか》めてしまいます。

「それは、またどうして」

「まだ行ったことなかったよね」

周平さんはスクラップブックを開きました。そこには権現滝の写真と、そこに行くルートの地図も描いてあります。

「ないの。圭吾くんも、ちゃんと山登りの格好をしなきゃ危ないって言うから」

「そうなんだ。それで、ここの滝つぼはどうもちょっと変わっていて、何かが滝から落ちると永遠にそこから出られないとかっていうらしいんだ」

「出られないってことは」

頭の中で想像しました。

「落ちてくる水の勢いと地形の関係で、ぐるぐる滝つぼの中で回ってしまって、下流に流れて行かないってことかしら」

「たぶんそういうことだね。何でも滝つぼのさらに奥が水中洞窟みたいになっていて、落ちたものは全部そこに入っていってしまうって」

何だか、恐いです。

「与次郎さんは、直接見聞きしたとか？」

周平さんが頷《うなず》きました。

「まだ小さい頃だけどね。どっかから来た他所《よそ》の人が滝の上から飛び込んだんだって。それっきり、どこにも浮かび上がってこなかったし、下流でも靴ひとつ発見されなかったって」

普通の女性なら、いやぁ、と小さく叫び出しそうなところですけど、私の頭の中には水死体の様子が浮かんできます。何度も司法解剖《かいぼう》したことがありますから。

こういうところ、元外科医って普通の人と感覚が違うんだろうなぁと思います。

「だから権現滝には絶対に子供たちを行かせてはいけないって。まぁそもそも子供だけで簡単に行けるところじゃないんだけどね」

「そうよね」

周平さんの脇に立って、スクラップブックを見ました。

「まだ知らないところはたくさんあるのよね」

「あるねー。普段回れないところに。意外と塚なんかもあるらしいんだよね。山の中に」

「塚、ってことは、昔のお墓か何か？」

周平さんが頷きます。

「ほら〈雉子宮神社〉もそもそも源氏の流れを汲《く》んでいるってことだから、それこそ源氏の武者が逃れてきてそこで死んだとか、そういう類《たぐ》いの伝承が残ってるんだって」

「あるわね、そういう伝承ってあちこちに」

「この辺りは大昔は裏街道沿いで栄えたはずだからね。きちんと村史とかそういうのをまとめたら、おもしろい話がたくさん出てくると思うんだけどね」

この駐在所になっている家だってそうです。

「江戸時代に建てられた問屋だものね」

それが、誰が持っていてどうして今まで残っているのかも、実はきちんとした記録は残っていないそうです。残っていても整理されていないのです。

「長瀬寺《ながせでら》に残る記録をきちんとすればなぁと思うよ」

「昭憲《しょうけん》さんのところね」

この辺りで昔から唯一のお寺である長瀬寺はほとんどの住民が檀家《だんか》です。その昔は住民の台帳や土地の記録などなど、全部をお寺の住職さんが記録して管理していました。今もそれは残っているのですが、整理はされていません。

「神主である清澄さんがやるわけにもいかないものね」

「まぁ幼馴染みだし神主と住職だからねぇ。神社にだっていろいろ古い記録は残っているんだから一緒にやってもいいんだろうけど、何か取っ掛かりは必要なんだろうね」

そういうものですね。

ミルがいつの間にかストーブの近くまでやってきていました。気づけばヨネとクロとチビもご飯を食べ終えて、ストーブの熱が届く暖かい壁際の木製のベンチに集まって座布団の上に寝転がっています。

ミルが、ピクッ！　と耳を立てると起き上がって玄関先に走っていきます。ワン！　と軽く吠えました。誰か来ましたか。

玄関の戸が開いて、早稲ちゃんの姿が見えました。

「おはようございまーす！」

「おはよう！」

駐在所の向こう、小高い丘の上にある由緒ある〈雉子宮神社〉の跡継ぎ、早稲ちゃんが赤いコートを羽織って、これまた赤い長靴で入ってきました。ミルが尻尾を振って喜んで飛びついていきます。

「おはようミルちゃん」

ヨネとクロとチビは猫ですし、私たちよりずっと前から早稲ちゃんとは知り合いですからね。来たのかい、って感じの反応だけです。

「今日はどこかへ行く？」

早稲ちゃんが訊いてきます。

「何も予定はないわよ。いつも通りの日曜日」

「田平まで買い物に行くけど、花《はな》さんも一緒に行く？」

少し考えましたけど、必要なものは大体あります。

「今日はいいかな。圭吾くんも一緒でしょ？」

えへへ、と早稲ちゃんは笑います。数少ない若者である早稲ちゃんと圭吾くんは、もう皆が認めているカップルです。きっと結婚式は雉子宮中の皆が集まって祝福すると思います。

「あ、でも早稲ちゃん。もし頼めるならホチキスの針を買ってきてもらえるかな。この大きいの。それとカメラのカラーフィルム二十四枚撮りを二本」

周平さんが言うと、早稲ちゃんが頷きます。

「いいですよ。フィルムはいつものですよね」

「そうそう」

支払いは全部駐在所の経費です。念のために紙に書いて、封筒にお金を入れて早稲ちゃんにお願いします。

「それで、周平さん。この間引っ越してきた加藤《かとう》さんっていたでしょう？　加藤ご夫妻」

「うん」

二週間ほど前でした。農家を廃業《はいぎょう》して空き家になっていた柿谷《かきたに》さんの家に、その柿谷さんの親戚である加藤百合香《ゆりか》さんと、結婚相手である加藤正次《まさつぐ》さんが越してきたのです。

どうやら正次さんは入《い》り婿《むこ》らしいですけれど。

「農業を始めるのはもちろん春先からなんですけど、正次さんは以前に自動車整備工をしていたんですって」

「あ、そうなんだ」

じゃあ、って周平さんが少し喜んだ顔をします。そうなの、って早稲ちゃんも微笑みました。

「農機具の手入れや車の故障だったら何でも見られるし、何だったら車のパーツの手配もできるから、冬の間に車に何かあったら呼んでくださいって。格安で見ることができるからって」

「それは助かるな」

本格的な車の修理を頼める工場は田平町に一軒しかありません。なので、もしも警察車両であるジープが故障したら、そこに電話して来てくれるまで待つしかなかったんです。

農家の人たちは自分たちのトラックやトラクターなんかはある程度は自分で直しますけど、周平さんは車にはそんなに詳しくないですし、やっぱりプロにやってもらった方がいいですからね。

「それとね、これは別の話なんだけど」

笑顔だった早稲ちゃんの顔が少しだけ曇りました。

「私の叔母《おば》の睦子《むつこ》さん、知ってますよね」

「うん、もちろん」

神社が忙しいときに巫女《みこ》のお仕事をしている、清澄さんの妹さんですね。ご結婚されていて、家は離れたところなのであまり会う機会はありませんけれど。

「父にはもう一人、姉もいるんです。私の伯母《おば》ですね。五月《さつき》というんですけど、今度こっちに帰ってくることになったんですよ」

「あら、そう」

それでは姉と弟と妹の三人姉弟《きょうだい》だったのですね。帰ってくるってことは、何かしらの事情があるのでしょう。その辺は特に教えられるまで訊かないでおきます。

「じゃあ、五月さんも巫女さんの仕事できるのかな?」

周平さんが訊くと、できますよ、と、早稲ちゃんが頷きます。

「ただ、ちょっと困ったことにですね、睦子さんと五月さん、それにうちの父も含めて、姉弟の仲が、ものすごく悪いんですよね」

「それは」

確かに困るね、と周平さんが頷きます。

私も周平さんも一人っ子なので兄弟姉妹の感覚はわからないのですけど、でも、周平さんは刑事として、私は医師として兄弟姉妹のあれこれはいろいろと見聞きしてきました。

「訊いちゃ悪いかと思ったんだけど、仲が悪いのに実家に帰ってくるのは、またどうしてなのかしら」

「わかんないんですよねー、私も。五月伯母さんは独身なんですよ。年は、父より三つ上なので六十一歳です。ずっと東京の大きな保険会社で働いていたんですけど、もう定年になって」

「あ、じゃあ老後は故郷で、ってことじゃないのかい?」

「そうだとは思うんですけど、家は別に借りたっていうんです。えーとここからちょっとありますけど、中瀬川の向こうに空き家があってそこに」

独身で実家の神社はあるのに、別の家を。

「まぁもうお年寄りだし仲良くやってくれるとは思うんですけどね。たぶんここにも顔を出すと思うので、父が知らせておいてほしいって」

「わかったわ」

赴任以来何かとお世話になっている清澄さんのお姉様ですからね。きちんと挨拶《あいさつ》をしておきます。

ちょうどバスの時間になったので、早稲ちゃんが、じゃあ！　と走って出て行きました。きっと圭吾くんとは町で待ち合わせているんですね。

もうすっかり公認の仲のはずなのに、相変わらず二人は村では並んで歩こうとしません。

「結婚はいつするんだろうね？」

「うーん」

「清澄さんだって、別に反対しているわけじゃないんだろう？」

「そうなんだけど、やっぱり将来は早稲ちゃんが神主さんになって、じゃあその夫はどうするんだってところを、何か二人で話し合っているみたいなんだけど」

圭吾くんが働く〈雉子宮山小屋〉は富田《とみた》さんの個人事業ではあります。それでも、年々増えてきているという登山客のための仕事が忙しくて、コースの整備や案内、ときにはレスキューのような仕事まで任されています。そして圭吾くんは富田さんの跡継ぎのような立場ですから、もしも圭吾くんが神社の仕事を手伝うのなら、山小屋の方はどうするのか。

「そんな感じで、いろいろ」

「なるほどね」

こういう農村に限ったことではありませんが、結婚につきものである跡継ぎ問題はけっこう大きな課題です。

早稲ちゃんが帰って少ししてから、軽トラックが駐在所の前に停まりました。

「康一《こういち》さんね」

「そうだな」

佐久間《さくま》康一さん。私たちとまったく同じ日に、奥さんの良美《よしみ》さんと一緒に雉子宮にやってきて、ここの新しい住人になりました。

「毎度！」

焦げ茶色のヤッケを着た康一さんが玄関をがらりと開けて入ってきます。康一さんが来ると場がいつも明るく賑やかになりますよね。

「おはよう」

あら、後ろから入って来た方がいます。身長こそそんなに高くはありませんが、中々ふくよかな、正直に言うと太りぎみの若い男性ですね。

ちょっと食べ過ぎかな、という気がしました。元々太る体質の方というのは自然に肉がついて太るのですけど、この方は何だか無理に太ったような気がします。

「旦那《だんな》、加藤くんだ。聞いてるだろ？　今度引っ越してきた奴」

「あぁ」

ついさっき早稲ちゃんと話をしていたばかりですね。噂をすれば影ですか。加藤さん、にこにこしながら、頭を下げます。

「どうも、加藤正次と言います」

「初めまして。巡査の蓑島《みのしま》です。それから妻の花、です」

「初めまして、よろしくお願いします」

「ちょうどさ、畑が隣だったんだよ」

あら、そうだったんですね。農家は家が離れていても、土地の関係で畑が隣同士とかありますからね。

「それで、車の修理ができるっていうからさ。軽トラの様子見てもらって、ついでに旦那のところに挨拶に行こうってさ。連れてきた」

康一さん、どうしても周平さんのことを〈旦那〉と呼ぶんですよね。デカの旦那、ってことだと思うんですけど。

「話を聞いたばかりだったんですよ」

周平さんが言います。

「うちのジープなんかも見てもらえますか？」

「もちろんですよ」

加藤さん、にこやかに頷きます。

「警察車両ですよね？」

「そうです」

「扱うのは初めてですから、楽しみです。いつでも言ってください」

「あ、加藤さん。二、三分お時間あるかな？　お茶を飲む間だけでも」

「ありますよ」

じゃあ、と、周平さんが台帳を取り出しました。村の住民の皆さんの記録ですよね。正式なお役所の住民台帳ではなく、この駐在所で作っている台帳です。私はお茶を淹れますね。

「ご家族の構成と簡単な経歴などお聞かせください。これは正式なものではなく、たとえば、縁起でもないんですけど、ここが災害にあったときに身元確認のためとか、警察の業務上でしか使いませんので」

「あ、はい。いいですよ」

どうぞ座ってくださいと周平さんが椅子を勧めます。康一さんはもうとっくにベンチに座ってのんびりとミルと遊んでいますね。

「えーと、お名前は加藤正次さんですね。奥様は加藤百合香さん。ご家族はこのお二人でいいですね。年齢は？」

「僕が二十七歳で、百合香は三十歳です」

あら、姉さん女房ですね。うちと同じです。ちょっと百合香さんに親近感です。周平さんも頷きながら台帳に書き込んでいきます。

「差し支えなければ、どこの出身かも」

「僕は東京です。東京の神田《かんだ》で、高校まではそこにいました。妻は川崎《かわさき》市ですね」

周平さんが台帳に記載していきます。

「加藤さんがお婿さんに入ったそうだけど、旧姓とか聞いていいかな」

「三隅《みすみ》です。三隅正次」

「奥さんがこっちに住んでいた、えーと柿谷さんのご親戚ですね？」

「そうなんです。妻の父が柿谷さんと従兄弟で、妻も小さい頃には何度もここに来たことがあるんです」

「あら、じゃあ奥様はこっちをよく知ってるんですね？」

お茶を出しながら訊くと、加藤さん、頷きました。

「小学生の頃の夏休みに毎年何日か滞在していたそうなので、覚えているそうですよ。それもあってこっちに来たんです。あ、実は僕が勤めていた修理工場が潰《つぶ》れてしまって」

「それは、大変だったね」

周平さんもお茶を飲みながら頷きます。

「どうしようか悩んでいたときに、農業をやってみてはどうかと柿谷さんにも勧められて。柿谷さんも今は川崎に住んでいるんですよ。僕の自動車修理の腕もこの田舎《いなか》ならたぶん生かせるぞって」

それで、新しくこちらに来たんですね。

「まぁ俺と同じだよ」

康一さんです。

「田舎で人生をやりなおそうってな」

うんうん、と頷きます。康一さんもそうですね。今住んでいるのは小さい頃に離婚したお父さんが住んでいた家ですから。

*

そろそろお昼をどうしようかと考えていたときです。ミルが何かに反応して起き上がると同時に、私と周平さんも気づいて顔を上げました。

誰かが走ってきます。玄関が勢いよく開きました。

「こんにちは！」

「あら、美千子《みちこ》ちゃん」

田島《たじま》美千子ちゃん。いつも駐在所の図書室に昭《あきら》くんと一緒に来て本を読んでいる、六年生の女の子です。日曜日に来ることもありますけど、今日は一人ですね。

「昭くんは？」

「学校のグラウンドにいます」

本を読みに来たのかと思いましたが、ちょっと違いますね。

「どうしたの？　何かあった？」

スクラップブックを整理していた周平さんも気づいて言います。

「あの、今、昭くんがグラウンドにいるんですけど」

それは聞きましたね。誰か友達と小学校のグラウンドで雪遊びでもしているのでしょうか。

「雪だるまが、消えちゃったんです」

「雪だるま？」

うん、って美千子ちゃんが不安そうな顔で頷きます。

「え？　消えたって、融けちゃったってこと？」

「違います。まだ雪は融けないと思う」

そうですよね。晴れてはいない曇り空で、外には雪がまだたくさん積もっています。すぐに融けてしまうこともあるそうですけど、今年のこの積雪はしばらく融けそうもありません。周平さんと顔を見合わせました。

美千子ちゃんはとても賢い女の子です。どうでもいいことをこうしてわざわざ話しに来たりはしません。

「何があったの？」

「昨日ね、大きな雪だるまを作ったんです。みんなで」

「みんなっていうのは、小学校のみんなってことね？」

「そう。放課後にグラウンドで」

「それは、六年生のみんなってことかな？」

周平さんが訊くと、美千子ちゃん、ちょっと首を捻りました。

「五年生と六年生かな。四年生の子もいたけど。全部で十人ぐらいで」

小学校は全校生徒で五十人ほどです。四、五、六年の上級生は確か全員で二十人もいないはずです。

「大きいのを三個、あれ三体って数えるのかな？」

「うん」

頷きましたけど、雪だるまはどうやって数えるんでしょうね。

「しもやけとか気をつけてね。毛糸の手袋で雪遊びしている子もいるから」

「それは大丈夫だったけど、そのうちの、いちばん大きな、わたしと同じぐらいある雪だるまが、歩いて消えちゃったんです」

「歩いて、消えた？」

周平さんと顔を見合わせてしまいました。

美千子ちゃんは六年生の女の子にしてはたぶん大きい方だと思います。それぐらいの大きさの雪だるまが歩いたんですか。

それは、怪奇現象ですね。

「今、昭くんが待ってます。これはちょっと変だから、ミノさんに教えた方がいいんじゃないかって」

周平さんが頷きます。

「わかった。行ってみようか」

「私も行くね」

駐在所を空けても大丈夫です。そのために何枚かのお手製の看板が用意してあります。

〈外出中。すぐに戻ります〉

鍵《かぎ》は掛けませんが、ミルがいるので大丈夫です。

支度《したく》をして小走りで坂を駆け登り、グラウンドが見えると確かに昭くんが一人で待っていました。

雪だるまが、グラウンドの入口近くに二つありました。

「上手に作ったのね」

きれいな形の雪だるまです。眼には丸っこい石、鼻と口は木の枝がついていました。

「雪だるまがなくなったって？」

「そうなんです。これです」

昭くんが指差したのは、二つの雪だるまの横です。

「あぁ、なるほど」

確かに、そこに雪だるまが置いてあった跡があります。すぐ近くに足跡もあります。確かに、雪だるまが歩いたように見えないこともありません。

周平さんが首を傾《かし》げて、しゃがみ込んでそこを眺めます。

「確かにここに雪だるまがあったんだね？」

二人に訊くと、大きく頷きます。

「作って、皆で一緒に帰ったんです。間違いなくありました」

「それが、昨日の放課後ってことだね」

「夜までありました」

昭くんが言って、美千子ちゃんも頷きました。

「そうか、家からグラウンドが見えるからね」

「はい。カーテンを閉めるときまで確かにありました」

「朝もあったんです」

「朝もあったの？」

美千子ちゃんが頷きました。

「起きて、カーテンを開けたときにはまだありました。でも、さっき見たら消えていたんです」

「なるほど」

ということは、朝八時ぐらいからこの十一時ぐらいまでの間に、雪だるまが歩いて消えたという話になりますね。

「消えたことには、二人とも気づかなかったんだね」

こくん、と頷きます。ずっとグラウンドを見ているわけじゃないですからね。

「ここから、向こうへ」

足跡は、グラウンドの外へ向かっています。でも、途中で皆が踏みしめた跡に合流しているので、そこからはどこへ向かったかわかりません。

周平さんが辺りを見回して言います。

「もしも、雪だるまが歩いていったとするなら、それが見えるのは」

ぐるりと見回しました。

「学校にいる人か、あそこらへんの家の人か、か」

「でも周平さん、もしも本当に雪だるまが歩いていたのなら、誰かが騒ぐはずよ」

「それはそうだ。目撃していたのならね」

電話がついている家だってけっこうあります。駐在所に電話が掛かってきてもおかしくはないですけど、そんな通報はありませんでした。

「まぁそもそも雪だるまは歩かないとは思うけれども」

ふむ、と、周平さんは考えます。

「昭くんは、この辺で雪だるまが壊れた跡とかないかどうか、見て回った？」

「見ました。なかったです」

やっぱり一応確認してから、言ってきたのですね。

「誰かが壊しちゃって、それを隠そうとしてあちこちに雪をばらまいたかな、とも思って探したんだけど、なかったです。でも、本当にきれいにばらばらにしたらわかんなくなっちゃうと思うけど」

「それはそうだ。でも、もしもばらばらにしたんだとしたら、そこまできれいにばらばらにする意味がわからないよね」

そうですね。子供のやることでしょうから。

「昨日、雪だるまを作ろうと言い出したのは誰かな？」

「たぶん、勝《まさる》かな」

「勝くんね」

五年生、今年の春には六年生になる勝くんは元気で、とても聡明《そうめい》な男の子です。成績もいいそうですけど、とにかく頭が回るそうですね。来年は昭くんの後を受けて、生徒会長になるって皆が言っていました。

「それで、雪だるま作りに参加したのは誰かな？　覚えているだけでもいいから教えてくれないか」

「えーと」

昭くんが上を向いて考えます。

「僕と、勝、謙一《けんいち》、琴美《ことみ》ちゃんに志保《しほ》ちゃん、それに美千子ちゃん。あとは誰がいたっけ」

「成子《しげこ》ちゃんに、雄介《ゆうすけ》くん、稔《みのる》くんに幸子《さちこ》ちゃんもいた」

そうだった、と、昭くんが頷きます。

「その他にもけっこうたくさんの子が一緒にやっていたけど、最後まで残っていたのはそれぐらい」

「やっぱり上級生ばかりね」

皆、四年生と五年生と六年生です。ふむ、と、周平さんが頷きながらメモをしています。

一応全員の名前を書き取ったんですね。

「作っている途中で喧嘩とか、変わったことはなかった？」

「なかったです」

二人とも大きく頷きました。

「皆で、騒ぎながら仲良く作っていました。変わったことも、特になかったです」

だからこそ、すぐに周平さんに言った方がいいと昭くんは思ったんでしょう。

もしもそのときに何か揉《も》め事とかおかしなことがあったなら、子供の間だけで先に話し合ったかもしれません。昭くんはそういう頭のいい男の子です。

周平さんが学校を見てふと思いついたようです。

「先生はその様子を見ていなかった？」

「いました。ホタル先生は一緒に少し作ったし、あとは池澤《いけざわ》先生も様子を見ていました」

「お二人ね」

ホタル先生と皆に呼ばれているのは篠原《しのはら》先生。

名前が蛍《ほたる》という可愛い名前なんですけど、本人は虫が嫌いなので自分の名前があまり好きではないそうです。でも、イメージ的にはどこか儚《はかな》げなホタルの光が似合いそうな感じの先生です。

「篠原先生は手伝ったんだね？」

「手伝いました」

「池澤先生は、見ていただけ？」

「そうです」

二人で同時に頷きました。

「誰か、保護者の人はいなかった？　お父さんとかお母さん、おじいちゃんおばあちゃん」

「いなかったです」

そうか、と、周平さんは大きく頷きます。

「よし、わかった。じゃあ、これは僕が調べておくから。二人は心配しないで遊んでいていいよ」

　昭くんも美千子ちゃんも顔を見合わせました。

「誰かに訊いたりしないでいいですか？　雪だるま知らないかって」

「うん。それはいいよ。必要であれば僕の方でやっておくから。二人ともそれこそ誰かに雪だるまどこ行った？　って訊かれたら、知らないけど僕には言っておいたって答えて。それでいいから。犯人探しとかしなくていいからね。それは、訊かれたら皆に言っておいて」

「わかりました」

　駐在所に戻ると、早稲ちゃんが中にいました。

「お帰りなさい」

「ただいま。何かあったの？」

「うん、ちょっとね」

　苦笑いするしかありませんでした。

「あ、これ買ってきました。お釣りも入っているから」

「ありがとう。圭吾くんは帰ったの？」

　含羞《はにか》んで笑いました。

「帰ったよ。後で私が山小屋に行くけれど。で、何があったの？」

「雪だるま失踪事件があって」

「雪だるま？」

早稲ちゃんに説明します。へぇ、と、早稲ちゃんもどう反応していいのかわからない表情を見せました。

「ちょうど良かった。早稲ちゃん、身長百四十から百五十センチぐらいの雪だるまを運んで隠せるような場所って、小学校の近くにないかな」

「隠せる場所？」

「人目につかないような場所、って意味で。たとえば後ろの雨山に窪地《くぼち》があるとか。誰も使っていない小屋があるとか」

うーん？　と唸《うな》って早稲ちゃんが考えます。

「つまり子供たちの誰かが雪だるまを運んで隠したって、周平さんは考えているのね？」

「今のところはね。昭くんと美千子ちゃんが嘘をつくはずがない。あの二人は全部本当のことを話している。ということは、本当に雪だるまがグラウンドから消えたってことになるよね？」

私と早稲ちゃん二人の顔を見て言うので、頷きました。その通りだと思います。

「そして少なくともさっき確認した段階では、雪だるまを壊した形跡はなかった。あの場で跡形もなく消し去るのは人目にもつくし、無理だ。だとしたら、どこかに運んで隠したと、もしくは人目につかないところで壊したとしか思えない」

「何のために？」

「そこはまだ考えていない。とりあえず、雪だるまがどこに行ったかが肝心なんだ」

雪だるまを隠す、と早稲ちゃんは小声で呟きながら、眉間《みけん》に皺《しわ》を寄せて考えています。

「あ」

「どこかあった？」

「〈姫様塚《ひめさまづか》〉」

「姫様塚？」

「姫様塚って？」

「あぁ」

早稲ちゃんがちょっと笑いました。

「知らなかった？　まぁ話題にするようなこともないものなんだけど」

「〈塚〉ってことは、何か伝説みたいなものなの？」

そうなの、って早稲ちゃん、頷きます。

「その昔に源氏のお姫様がやってきてそこに匿《かくま》われ、みたいな話だったかな？　全然伝承とかそんなのじゃなくて誰かのホラ話みたいなものなの」

へぇ、と、周平さんと二人で頷きました。そんな塚があったとは知りませんでした。

「それは、小学校から近いの？」

「すぐ近くよ。それこそグラウンド辺りから雨山に向かっていく道があるでしょう」

思い浮かべて、すぐにわかりました。

「あの道ね」

山の中へ入っていく道なので、普段はまったく歩くことはありません。周平さんも行ったことなかったたな、と言います。

「真っ直ぐ歩いていって、大人の足で歩いて十分ぐらいかな？　塚みたいに盛り上がって中に空洞があるの」

「え、それは本当の塚じゃないのね？」

「塚というよりは自然にできた洞穴みたいなところね。確か昔、学校の理科の先生が地質とかを見て言っていたのを聞いた気がする。誰かが掘ったものではなくて自然にできた穴だって」

「そこには子供が入れるの？」

「ちょうど人が入れるぐらいの大きさがあるのよね。私も小さい頃入ったことあるし、今でも入れると思うよ。もっとも、学校では崩れたら危ないから入らないようにって言ってると思うけど」

じゃあ、そこにちょっと行ってみよう、と、周平さんが私を見て言います。

「私も？」

普段、周平さんが何か捜査をしたり話を聞きに行くときには私は留守番をします。誰かが駐在所にいた方がいいからですね。

「今日は日曜だし、今回の件は僕より花さんが動いた方がいいような気がするんだよね」

「あ、じゃあ、私が留守番してますよ。まだ時間あるし」


道はすぐにわかりました。ここら辺は山の木があるせいでしょう。そんなに雪が積もっていません。下に枯れ草や土の道がところどころにのぞいています。

「まだ新しい足跡があるね」

周平さんが言います。

確かに、足跡があります。昨日から今日にかけて雪は降っていませんから、何人かの足跡が残っています。

「長靴の跡だね」

周平さんがしゃがみこんで足跡を観察しています。

「子供のものかしら？」

ちょっと首を捻りました。

「どうかな。仮にここに来たのが小学校の上級生なら、男の子も女の子もお父さんお母さんと身長が変わらない子もいるだろうし、何よりも長靴の靴裏は、形が大人用も子供用もそんなに変わらないいんだ」

「あぁ、そうね」

確かにそうです。

「だからはっきりとは言えないけど、歩幅からすると子供っぽいかな」

ゆっくりと、その足跡を消さないように歩くのは無理でしたけど、なるべく潰さないように周平さんと歩いていきます。途中、木のトンネルになっているようなところもあって、葉っぱが生い茂るときに来ていたらけっこう素敵だったかもしれません。

「春になったら歩いてみましょうよ」

「いいね」

確かに十分ほど歩くと、道の脇に盛り上がっているところが見えました。

「あそこだ」

〈姫様塚〉ですね。確かに、こんな道のすぐ脇にお姫様を匿えるはずがありません。

「誰かが、来てるね」

入口のところに何人もの足跡があって、踏み固められています。明らかに、つい最近誰かがここに入っていったのです。

「子供ね」

「そうだね。何よりも、大人がこんな大勢でこの中に入っていこうとはしないだろう」

「うん」

だと思います。周平さんが持ってきていた懐中電灯を点けて穴の中に向けると、すぐに見えました。

「あ」

「うん」

二人で声を出してしまいました。

雪だるまです。

狭い穴の中に、石の目玉に木の棒の口の雪だるまがにっこりと笑った顔で、しっかりと立っていました。

「あったね」

「あったね」

二人で同じ言葉を繰り返しちゃいました。

「花さんなら、入って行けるかな」

「行けるわ」

立ったまま中に入れました。そして子供ならまだ一人や二人ぐらいは入れる余裕があります。周平さんはちょっと身長が高すぎて、辛《つら》いかもしれませんけど、入れないことはないです。

「アニメか何かで、雪だるまが歩いているのなかったっけ？」

「どうかなぁ。でもディズニーとかではありそうだけどね」

でも、現実の雪だるまは歩きません。

「まさか、周平さん」

嫌な考えが頭をよぎります。

「この中にご遺体が入っている、なんてことはないわよね？」

そんな推理小説があったような気がしましたけど。

「それはないよ」

周平さんが笑います。

「仮に入っているとしたらこの大きさだ。中に入っているのは本当に小さな子供ってことになってしまう。雉子宮で行方不明になっている子供なんかいない」

「そうよね」

「まぁ念のために」

そう言って周平さんはかがんで穴の中に入ってきて、雪だるまの頭をひょいと持ち上げました。

持ち上がって、そこには何もありません。

「ないね」

「ないわね」

「何か、手頃な枝とかないかな。ちょっと待ってて」

いったん外に出た周平さんが枯れ枝を持ってきました。ゆっくりと雪だるまの胴体に突き刺していきます。枝はゆっくりですけど確実に突き刺さっていって、そして突き抜けました。

「割った方が早くない？」

「それは、駄目だよ。もしもこの雪だるまをここに置いたことに、何か僕らには計り知れない意味があるのなら、壊してしまったらそれを目茶苦茶にしたことになってしまう」

そうでした。移動させたのが子供であれ大人であれ、必ず何かしらの意味があるはずです。

「仮に犯罪に関係しているのなら、現場保存のためにもある程度はこのままにしておかないとね」

そう言って、三回場所を変えて枝を突き刺し、同じことを周平さんは繰り返しました。念のために頭にも。

「何も、入っていないね」

穴を開けたところを、ごめんね、と言いながら周平さんは雪で塞ぎます。

「出よう」

二人で穴から出ます。ずっと中腰だった周平さんがやれやれと腰を伸ばします。暗いところから出たので、雪景色の外が一層明るく見えます。

「さて、中に死体は入っていない。ごく普通の雪だるまだ」

「そうね」

「では、誰が雪だるまをここに運んだのか、そしてそれにはどんな意味があるのか、か」

「運ぶのだって、大変よね」

いや、って言って周平さんが指差します。

「ほら、ここは確かに山の中だけど、学校のグラウンドからと考えると、緩やかな下りになっているんだ」

「あら」

そうでした。来るときは考えてもいませんでしたけど、確かに山道を登ってはいません。

「だから、雪だるまを運ぶのにそんなに力はいらない。あれをこの形のまま運ぼうとすると大人数人掛かりでもけっこう大変だし板とか道具も必要だろうけど、何せ雪だるまなんだから」

「転がせばいいのね！」

思いついて、思わず手袋をした手を打ってしまいました。

「その通り。頭と胴体を別々に転がせばいいんだ」

「でもどんどん大きくなっちゃうかもしれない」

「そうでもないと思う。この辺はもう雪もないし、大きくなったら削ればいいだけの話だ。それぐらいの工夫は子供でも思いつくし簡単だろう」

うん、って周平さんが言いながら頷きます。

「でも、最大の問題は」

「何のために雪だるまをこんなところに移動したのか、よね」

「そうなんだ」

これは、今のところ事件ではないです。そして事故でもないです。単に誰かが雪だるまを移動させただけの話ですから、警察の出る幕じゃあないです。

「不可思議よね」

「不可思議だ。どう考えても、何か意味があるんだ」

周平さんが、顎《あご》をさすって考えています。

「穴の中に移動した意味か」

腕時計を見ました。

「もうすぐお昼だね」

「そうね。お昼ご飯にしなきゃ。どうしよう。その後で、子供たちに話を聞いてきた方がいい？」

「いや」

首を横に振りました。

「とりあえず、駐在所に戻ろう。早稲ちゃんに留守番させているし。その後で、話を聞きに行こう」

「誰に？」

少し首を傾げました。

「まずは、先生だね。雪だるまを作ったのは予定されていたことじゃなくて突発的なことだから、もしもこの移動に意味があるのなら作っている最中に何か起こったはずなんだ」

「でも、昭くんも美千子ちゃんも何もなかったって」

「二人はそう感じていたかもしれないけど、大人の眼から見たら何かあったかもしれない。ホタル先生と、池澤先生だね。子供たちに話を訊くのは最後にしよう。訊くとしても、花さんに任せるよ」

「どうして？」

周平さんが、自分の胸を軽く叩《たた》きました。

「いくら優しくても、お巡りさんだからね。もしも、子供たちの間だけで何か解決できることが起こっているんだとしたら、その方がいいよ」

「あぁ」

納得しました。私が見ておいた方がいいっていうのもそういうことですね。何かあって大人の事情が絡んでいるのなら警察官が出ていって然《しか》るべきですけれど、子供たちの何かでいきなり周平さんが話を聞きに行っても、恐がらせたり親を不安にさせたりするだけですものね。

日曜日ですから当然学校の先生もお休みです。電話をしてみると、ホタル先生こと篠原先生が小学校の裏側にある職員住宅になっている家にいらっしゃいました。

事件とかそういうことではなく、また駐在所の図書室のことでもなく、ちょっと子供たちのことで確認したいことがあるんだと周平さんが言うと、篠原先生は駐在所まで来てくれました。

わざわざ申し訳ないと言ったのですが、実は篠原先生、大変な猫好き犬好きだそうです。いつも駐在所には猫がいっぱいいて、犬までやってきていいなぁ、と思っていたそうです。学校では犬猫は飼えませんからね。

にこにこしながらやってきた篠原先生。さっそくミルを抱きしめます。猫はチビがいちばん人懐こいので、呼べばやってきます。篠原先生は髪の毛を短くしていて、とても活発そうな先生なんですよね。

「それで、ですね。ホタル先生。あ、篠原先生ですね」

笑いました。

「ホタルでいいですよ。もうずっとそう呼ばれているので篠原で呼ばれるとドキッとします。何か問題があったかなって」

呼び名ってそういうものですよね。私もよく患者さんに〈花先生〉と呼ばれていて、たまに旧姓だった渡辺《わたなべ》先生と呼ばれるとびっくりしていました。

「昨日の放課後に、子供たち、主に上級生がグラウンドで雪だるまを作っていましたね。そのときにホタル先生も一緒だったとか」

はい、そうですね、と先生が頷きます。

「一緒に作りましたね」

「そのときに、何かありませんでしたか？」

先生が、うん？　と、少し身を乗り出しました。

「何か、というのは？　何でしょう」

「子供たちの間に、喧嘩とか、あるいは何か普通ではないようなことが起きなかったかと」

ホタル先生は首を傾げます。

「いいえ、なんにもありません。皆でわいわい言いながら、楽しく作っていました。上級生ばかりでしたから、私が作り方を教えるとかそういったこともまったくなく」

「そうですか」

「あ、でも」

「何です？」

先生が苦笑しました。

「ひょっとしたらなんですけど、私、そのときに腕時計をなくしてしまったかもしれないんです」

「腕時計？」

先生が自分の左手首をさすりました。そういえば、腕時計はしていません。

「いつもしていた腕時計が、雪だるまを作っている最中にないことに気づいたんです」

「え、落としてしまったんですか？」

思わず私が訊いてしまいました。腕時計は誰にとっても大切なものです。ホタル先生は首を軽く横に振りました。

「それもわからないんですよ。以前からバンドのところが緩くなっていて、直さなきゃな、と思っていたんです。ですから、どこで落としたかははっきりわからないんです。校舎の中かもしれないし、グラウンドかもしれないし」

「探したんですよね？　そのときに」

周平さんが訊きます。先生がちょっと唇を引き締めました。

「生徒のいるところで騒ぐと、皆が心配しますし、自分たちのせいじゃないか、なんて思ってしまうかもしれませんからね。その場では誰にも言ってません。気づかれないように一応、グラウンドを探したんですけど、何せ雪が積もっていましたから見当たらなくて」

「高価なものじゃないんですか？」

「いいえ、全然高価なものじゃないんです。本当に安物なので、余計に騒がない方がよくて。校舎内を探したけど見つからなかったので、グラウンドの雪の中かな、と。それなら雪が融けたらすぐにわかるかな、と思って」

「その腕時計は、どういうものでしょうか。とても大事にしていたとか」

「大事には、はい」

確かに、と、先生は続けました。

「ずっと使っていましたから」

「誰かからのプレゼントとか、特別なものですか？」

少し恥ずかしそうに先生は微笑みました。

「実は、今度結婚するんです」

「あら！」

「それは、おめでとうございます」

ありがとうございます、って嬉しそうに先生は頭を下げました。

「相手は、高校の同級生でその頃からずっとつきあっていまして」

「その人からのプレゼントですか？」

「そうです。もう十年近くも前ですけど、大学時代に誕生日のプレゼントで。彼は商社に勤めているんですが海外への赴任が急に決まってしまって。私はまだ任期途中で本当に心残りなんですけど、あと一週間後には退職するんです」

そうだったんですか。急な海外赴任なら、それはしょうがないですね。夫となる人についていきたいと考えるのは自然なことですから。

「その話、ひょっとして子供たちにしたことあります？」

周平さんが訊きました。

「生徒にですか？」

少し考えました。

「そうですね。前にもバンドが外れて落ちたのを、生徒に見られてしまって。放課後だったのでそんな話をしたことあります。女の子だったので、誰かにプレゼントされたとか、って訊かれてついそんな話をしてしまって」

「女の子」

周平さんがメモを見ました。

「ホタル先生は四年生の担任ですね」

「はい、そうです」

「その話をした子は、ひょっとして琴美ちゃんですか？」

あぁ、って頷きました。

「そうです。琴美ちゃん。志保ちゃんもいましたね」

周平さんが、何かを察したように頷きました。

「結婚退職することはもう皆には伝えましたか？」

「はい、伝えてあります。担任が代わることも」

「わかりました。すみませんでした、わざわざ」

周平さんは、ホタル先生には後でまた説明することを約束して、お引き取りいただきました。

「何かわかったの？」

先生を見送った後に訊くと、大きく頷きます。

「たぶんだけどね。先生が家に戻った頃を見計らって、また〈姫様塚〉に行ってみよう」

周平さんと二人でもう一度〈姫様塚〉に行って、雪だるまを割ってみると腕時計がありました。

これがホタル先生の腕時計なんでしょう。濡れてしまっていますが、きちんと乾かして修理したら大丈夫だと思います。

周平さんが腕時計を眺めながら小さく息を吐きました。

「たぶんだけど、琴美ちゃんか誰かが先生が落としたのを見つけたんだ。そして、自分が作っている雪だるまの中に咄嗟《とっさ》に埋めてしまったんだろうね」

「そうね。ホタル先生がいなくなってしまうのが嫌だったのね？　ずっと担任でいてほしかった」

「そういうことだと思う」

周平さんが少し困ったような顔をして微笑みました。

「大事にしていた結婚相手からのプレゼントである腕時計がなくなったら、少なくともそれが見つかるまでは学校にいてくれるんじゃないかって思ったんだ」

「それを知った琴美ちゃんの同級生たちも賛成して、皆で雪だるまをこっそり〈姫様塚〉まで運んだのね。あそこならきっと春まで雪だるまが融けないんじゃないかって話し合って」

そういうことだろうな、と、周平さんが首を横に小さく振って微笑みます。

「よくそんなことを思いついて、実行したもんだなぁ。すごいや」

「子供って、突然とんでもないことをしでかすのよね。以前小児科にいたときにも思ったことがある」

うん、って周平さんが笑いました。

「花さん。琴美ちゃんたちにさ、こっそりと駐在所の図書室に集まってもらおう。昭くんや美千子ちゃんにも協力してもらって。そこで、皆に話をしてくれないかな。腕時計は先生に返しておくし、誰にも内緒にしておくからって」

「わかったわ」

〈悪いことだって、いけないことだってわかっていたけれど、ひょっとしたらって思ってしまったのでしょう。それだけ先生のことが大好きだったんです。ずっとずっと一緒に学校にいてほしいと思っていたのです。

その気持ちを誰も咎《とが》められませんよね。日報にはもちろん書きません。こうして私の日記にだけ書いておきます。ホタル先生が向こうについたら、皆で駐在所の図書室でお手紙を書こうと約束しました。〉

春　木曜日の滝は、逃亡者

〈昭和五十一年四月二十九日　木曜日。

真相が、まったくわからない出来事がありました。

そして、それをはっきりと確かめることもできないのです。他人《ひと》には見せない自分しか読まない日記なのに、ここにこうして書くことさえも難しいです。

どんなふうに書いたとしても、誰かを傷つけてしまうかもしれないし、傷つかないかもしれない。それさえもわからないのですけど、人の生き死にに関する事件が起こって、周平さんはもちろん何人もの警察官が捜査して、そしてそれは表面上は終わったということです。

結論は出たのです。

でも、周平さんは納得していません。いえ、納得していいのかどうかは、それぞれが決めることなのです。

ただ、確かなことは、何の罪もない人が、今ここで必死に生きようとしている人たちがいるということです。そしてそういう人たちを守ることも、紛れもなく警察官の仕事なのです。〉

春になって、四月も終わりです。

新しい季節が始まっています。新緑が辺りに満ち、川の流れは雪融け水も落ち着き柔らかくなり、鳥たちの声はもちろん虫の声も聞こえるようになってきました。

学校では進級や新入学があったり、この辺には会社と言えるものはないのですけれど、職場には新入社員も揃《そろ》っているはず。畑ではもういろんな農作物の芽吹《めぶ》きが始まり、すくすくと育ち始めています。

周平さんと二人で〈雉子宮駐在所〉にやってきて、この春で一年が過ぎました。何だかあっという間でした。

もう一年経つのか、という話を一ヶ月ぐらい前から何度も周平さんと繰り返していました。気がつくとご飯を食べながらその話をしていて、まるで老夫婦みたいだと二人で苦笑いしました。

それぐらい、何度も話題にしてしまうぐらい、私たちにとって昨年の春から始まったこの雉子宮での新しい生活は、とても心地よく素晴らしいものだったんだ、ということなんでしょう。

本当に事件らしい事件はあったでしょうか。

何もない、と言ってもいいです。

日記を読み返しても、印象的な出来事は何度かはありましたけど、ほとんどの日々は日記に書いてもいつも同じことの繰り返しみたいに、のんびりと過ごしています。大げさではなく、二人で毎日楽しく穏やかな心持ちで過ごしているのです。

警察官とその妻で駐在所にいるんですから、本来は心穏やかには過ごせないような職業なのでしょうけど、雉子宮は本当に平和なところです。

もちろん、人が働いて暮らしているのですから、喧嘩とか諍《いさか》いとか、あるいはちょっとした事故とか、そういうものはあります。

つい昨日も、川向こうの田辺《たなべ》さんという果物農業を営むお宅で騒ぎがあり、周平さんが駆けつけると、兄弟喧嘩でした。

けっこう派手だったようで、警察官である周平さんがとりなしたことで落ち着いたようですけれど、ひょっとしたら制服警官である周平さんがいなかったらもっと大事になっていたかもしれません。

何日前だったか、田んぼの畦道《あぜみち》でトラックが脱輪してしまって、近くの人たちが集まって何とか戻しているのを周平さんも手伝いました。運転していた農家の奥さんが頭を打ったというので、私が様子を見てから念のために田平町の病院へ連れて行きました。ただの打撲《だぼく》で済んだので良かったです。

そういえば酔っぱらって用水路に落ちた男性がいて、子供たちの通報で私たちが駆けつけて、事無きを得たこともありました。

そういう小さなことは多々ありますけど、それが普通ですよね。人の営みの中で起こってしまう小さな出来事です。そういうことに対応して皆の生活の手助けをしていくのが、駐在所の警察官の役目だと思っています。

私たち二人もそれぞれにひとつずつ歳を取りました。

周平さんは三十一歳に、私は三十三歳です。姉さん女房とよく呼ばれますが、それはもう死ぬまでこの年の差は変わらないのでしょうがないですね。それに見た目は周平さんが背が高く、私がすごく小さいので、冗談でしょうけど、まるで親子のようだと言われることもあります。

一年経って、右手の指は、ここに来た当初よりは動くようになっています。

リハビリのつもりで毎日書いている日記の効果もあったかもしれません。でも、これ以上の回復は望めないような気がしています。

これは医師としての勘、経験値から感じる自分の身体の感覚です。たまに早稲ちゃんに具合を訊かれるのですが、具体的にはお箸《はし》をきちんと持つことは、たぶんもうできません。

形としては持てても、それで何かを摘《つま》んだり挟んだりすることはできないのです。指がそこまで細かい動きに反応しません。

外科医としての自分はもう捨てて、ここに来たつもりでいたのですが、こうして一年以上経ってもやはり動かない指を考えると、まだ少しだけ胸の奥で何かが疼《うず》きます。医療の現場での経験と知識はあっても、手が動かなければそれを生かすことはあまりできないのです。

この間のように、農作業中に怪我をしたという連絡が来ても、田平町の梶原《かじわら》診療所にお借りしている救急セットを使っての、素人でもわかるような応急処置しかできません。後はもう車か救急車で病院に行ってもらうしかないのです。小学校で怪我をした子供がいても、医務室の先生以上のことはほとんどできません。

それを歯痒く思うのですけど、傍《はた》から見れば私はれっきとした医師免許を持ったお医者様です。その気持ちを抱えたまま、警察官の妻として、そして元外科医としてここでできることをやっていくしかないと、新しい春を迎えて改めて思っています。

春には午前中に風が強く吹く日が多く、すぐ裏の雨山の木々を揺する音が明け方によく響いてきます。

その音を聴きながら目覚まし時計が鳴る前に眼を覚ますと、猫のヨネとクロとチビが、周平さんの布団の上にお座りしてじっとこっちを見ていることがよくあります。

周平さんは苦しくないんでしょうか、と思ってある日に訊いたら、まったくわからないって言います。一度寝たら夢も見ないで朝まで気をつけの姿勢で寝るのが、周平さんなんですよね。ある意味ではとても羨《うらや》ましいです。

「おはよう」

「おはよう」

朝ご飯を作っていると、いつものようにミルに起こされて、周平さんが起きてきました。猫のヨネとクロとチビはもう台所に来て、自分たちの朝ご飯はまだかとうろうろしています。

ご飯を炊いて、お味噌汁には蕗《ふき》を入れて、目玉焼きとハムを焼いてキャベツの千切りを添えて、昨日の夜の肉ジャガを温め直して朝ご飯です。

「はい、あなたたちも朝ご飯」

くず米に魚のアラとお味噌を少し入れて鍋で炊いたものです。くず米は犬猫用にと農家の人からただで貰えるのですごく助かっています。

「いつも思うけどさ。あの犬猫たちのご飯も美味しそうだよね」

周平さんが言います。

「美味しいわよ。くず米じゃなくてちゃんとしたお米でやれば。やってみる？」

苦笑いしました。

「風の匂いが変わったね」

開け放した窓から入ってきた風に、周平さんが言います。

「春よね」

「いや」

何もかもが新しくなっていく春です。

駐在所にいつもやってきて、二人で本を読んでいた仲良しの昭くんと美千子ちゃんも、小学校を卒業して中学生になりました。

実は去年までは〈雉子宮小中学校〉だったのですが、昨年で中学生がいなくなってしまい、今年からは中学生はバスで田平町立中学校まで通うことになったのです。それで、小学校も〈雉子宮小学校〉という名称に変更になりました。

放課後にいつも寄っていた二人が来なくなって、ちょっと淋《さび》しいねと周平さんと話していましたけれど、バス停は駐在所のすぐ近くです。まだ部活に何をやるか決めていないそうですけど、バスを降りたら必ず二人は駐在所に顔を出してからお家に帰っていくんですよ。

朝ご飯を食べると、周平さんは周辺のパトロール。今日は木曜日ですけど、祝日なので小学生たちの登校の見守りはありません。その分だけ少しのんびりと準備ができます。

春になりましたけど、まだバイクで回るには風が冷たいときがあるのでしばらくはジープを使うそうです。

山に囲まれて川も多い雉子宮です。人が歩くと危険なところもたくさんあります。そういうところを見て回るのも、駐在所の警察官の仕事です。

その他にも、公民館や簡易郵便局、〈雉子宮山小屋〉や商店などの人が集まるところ、お年寄りだけの農家の様子を見に行ったり、野生動物の被害が出そうなところも、ジープでぐるりと回ります。大雨が降った後などは、川の増水や山崩れなどの被害がないかも、調べて回ります。

ここら辺りの山には熊がいるそうです。目撃情報はここ十年ほどはないそうですが、山道はそこここにありますから、ほとんどの人は常に熊除けの鈴を持ち歩いています。

周平さんがパトロールしている間は、私は家事と電話番です。

駐在所に一緒に住む私のような妻も、駐在所の一員としての仕事があります。もしも各警察署からの電話があれば、それに応対して、必要であれば無線で周平さんを呼び戻します。そのための無線の訓練もちゃんと受けているのです。

その他にもここでは滅多にないですけれど、他所から来た人のための道案内や、天候の急変による地域の安全保全とか、常に頭に入れておかなければならないことは、けっこうあるのです。

でも、妻としての家事もきちんとやらなければなりません。

小学校の図書室の分室になっている、座敷の縁側の窓を拭いていると、神社の方から清澄さんが歩いてくるのが見えました。

こっちに来るのかと思って雑巾《ぞうきん》を置いて手を洗っていると、玄関が開く音がしました。

「おはようございます」

「おはようさん」

神主さんの袴《はかま》姿の清澄さんがにこりと微笑みます。

「周平くんはパトロールかな」

「そうです。何かありましたか」

電気ポットにお湯を沸かしておいたので、お茶を淹れます。

「はい、どうぞ」

「あぁこりゃすまんね。いやなに、急ぎの用事ってわけじゃあないんだがね」

何でしょう。

「早稲のことでな」

「早稲ちゃん」

どうかしたんでしょうか。

「あれは、年の近い若い娘が近くにほとんどおらんようになってね。花さんがここに来てくれてまぁ喜んでいた」

「若いって言われると恥ずかしいですけど、嬉しいですね」

確かに私は、自分で言うのも何ですけどすごく童顔で、二十三歳の早稲ちゃんと並んでも同じぐらいに見えてしまいますけど、実際のところは十歳も違います。いいところ、年の離れた姉でしょうか。

「毎日のように来てお喋りしとるが、邪魔になっとらんかね」

「とんでもない。毎日来てもらって助かってるのは私です」

本当です。まだよく動かない右手でする料理を手助けしてくれたり、繕い物を手伝ってくれたり。正直、周平さんの服のボタンを付け直したりするのは、全部早稲ちゃんにやってもらっています。

「もう早稲ちゃんがいなかったらどんなに大変だったかわかりません」

「そんなら良かったんだがねぇ。ほら、圭吾のことでな」

「圭吾くん」

どきっとしました。まさか結婚に反対とかそういうことでは。

「好き合った者同士、結婚するとは思うんだわ」

「そうですね」

「だがなぁ」

清澄さんの表情が曇ります。

「早稲は、神主の跡を継ぐって小さい頃から言ってたんだが、それで本当に早稲のためになるんかと思ってな。結婚を考えている今は、どう思っておるんかとなぁ」

「それは」

うん、と清澄さん、頷きます。

「圭吾はな。富田の哲夫《てつお》さんところの、〈雉子宮山小屋〉の跡取りだ。あそこは、今でこそ忙しいわけでもないが、将来的にはこの雉子宮が存続していくための観光資源になるんじゃないかと、思っとるんよ」

観光資源ですか。

「商売としてな。もっともっと大きくさせて、たくさんの山登りの客や、ここの自然を楽しみに人が来てくれて、この雉子宮という村がずっと続いていくためのな」

なるほど、と、思わず深く頷いてしまいました。

神社の神主としてこの村を見守ってきた清澄さん。でも、確かにこの村はどんどん人が減っていっています。若い人は農家を継がずに都会へ出ていきます。そうして、田舎の村が消えていってしまうという話は、ニュースなどでも最近よく聞きます。

清澄さんは雉子宮の歴史ある神社の神主として、この村の行く末まで考えているんですね。

「早稲ちゃんが圭吾くんと結婚するなら、神主の跡を継がずとも、圭吾くんと一緒に山小屋で頑張ってもいいと、むしろそうした方がいいんじゃないかと清澄さんは思っているんですね？」

少し唇を曲げて、清澄さんは頷きました。

「まぁそういう話をしてもな。あいつは本当の気持ちを言わんような気がしてな。折りを見て、花さんにちょいと話を向けてもらって、早稲の本音を聞いてもらえんかなと思うてな」

「わかりました」

どんとこい、です。ちゃんと本音の話を聞いておきます。

「でも、清澄さん。もしも早稲ちゃんが本当に神主を継がないとなると、神社の方は」

苦笑いします。

「そりゃあ心配ない。私だってまだ二十年や三十年は生きるつもりだし、別に神主は世襲制でもない。誰か他所のものが来て、やってくれればそれで済む話だ」

清澄さんがお茶を飲んで、ふと壁のカレンダーを見て言いました。

「あの丸印はなんかね」

「あ、あれは」

笑ってしまいました。

「一年前、ここにやってきた日です。記念日ってことで忘れないように印をつけただけです」

「おお、そうかぁ、もう一年な。そうだそうだ。春じゃったもんな」

清澄さんがにこやかに頷きます。

「本当に雉子宮は、平和な村で良かったです。事件らしい事件もなくて」

「そうかね」

清澄さんがちょっと首を傾げました。

「事件といやぁ、ほら佐久間の康一とかな。それとか、川で身元不明のご遺体があったりしたろう」

「ありましたね」

でも、一年のうちではほんの数回の話です。

「横浜では、周平さんは刑事だったので、毎日ずっと捜査をしていました。殺人事件や強盗とか、凶悪な事件を。だからそれに比べたら」

「ほうじゃなぁ。新聞とか読めばそんな事件が都会じゃ毎日のように起こっとるよな。こないだも発砲事件だとか横浜であったろう」

「ありましたね」

「周平くんもあれか、拳銃とか撃つような事件に出会《でくわ》したことあるんかい」

どうでしょうか。

「訊いたことはないですけど、実は射撃は得意だって言ってました」

「ほう」

「警察官は射撃訓練があるんですけど、周平さんはそれがあまりにも成績が良くて、オリンピックの射撃競技に出ないかって言われたこともあるそうですよ」

「そりゃ大したもんじゃないか！」

本当に、大したものだって私も思ったんですけど。

「でも、その腕が使われないことがいちばんいいんだって」

そう言うと、清澄さんも頷きます。

「そうさな。その通りな」

「そういえば、清澄さん。お姉様が戻っていらして、もう三ヶ月ぐらいですか」

あぁ、と、清澄さんが顔を顰めました。

「姉な。ここに顔を出したかい？」

「いいえ。来られてはいませんけれど」

「なんぞ聞いたかね？　五月のことを」

含みのあるような言い方をしましたけど、何でしょうか。

「何も聞いていませんけど、何かありましたか？」

聞いてないならいいんだ、と、手を軽く振ります。

「じゃあ、まぁ済まないが、早稲の方をよろしく頼むよ」

＊

なるほど、と、周平さんが頷きます。清澄さんがいらして、早稲ちゃんの本音を訊き出してほしいと頼まれたことを教えたのです。

「清澄さんはそこまで考えていたのか」

「ねぇ。さすがね」

「観光資源か。確かにそうだよね。雉子宮が存続していくためには、人を繋ぎ止めて仕事を生んでいく名物や観光資源が必要だからね」

何があるかといえばここには自然しかありません。この豊かな自然と山が名物になってくれればいいんですけどね。

「そういえば、清澄さんが奥歯に物が挟まったような言い方をしていたんだけど」

「何を？」

「清澄さんのお姉さん、五月さん。何か問題みたいなのがあったようなんだけど、周平さんは聞いてる？」

「五月さんかー」

　周平さんの表情が少し曇りました。唇もへの字にしました。

「何かあったの？」

「あったというか、何というか。僕もまだ会っていないし、噂話のような感じでしか聞いていないいんだけどね」

「うん」

「五月さん。品川《しながわ》五月さんか。川向こうの空き家を借りて一人で住んでいるようなんだけど、どうもね、話題にし難いんだけど、イタコって花さん知ってるよね」

「イタコ？」

　イタコというのは、あのイタコでしょうか。

「東北の方の、あれよね。亡くなった方の霊魂を呼び寄せて、家族にその人から直接話を聞かせるっていう」

　いわゆる、降霊術というものでしょうか。

「そう、それ。まぁイタコとは名乗っていないけど、口寄せ、とかって言うのかな。死者の霊魂を呼んで憑依《ひょうい》させて、家族と喋るっていう。そういうのをやってるらしいんだ」

「五月さんが？」

「そう」

「清澄さんのお姉さんが？」

「うん」

頭の中に大きな疑問符が浮かんできました。

「え、それって、いいの？　五月さん、神社の娘さんよね？」

もう還暦を超えたご婦人ですけど、間違いなく神社を営む家で生まれた娘さんです。

「そう思うよね」

周平さんも苦笑しました。

「私は詳しいわけじゃないけど、神社の娘が口寄せって変じゃないの？　え？　どうなんだろ？」

「混乱するよね」

「えーと、それはどっちかと言えばお寺の、お坊さんの方の仕事の範疇《はんちゅう》というか、そちら側よね。神社は神様よね。幽霊の類いは関係ないんじゃないのかしら」

「僕も詳しくはないけれど、少なくとも神主さんはそんなことしないよね。もっともお姉さん、五月さんは神職ではないから、何をしようと自由といえば自由なんだけど。それでどうにも清澄さんも困っているらしいんだ」

びっくりしました。それは確かに清澄さんも困るでしょう。

早稲ちゃんもきっと困っていますね。伯母さんが帰ってきたというのに、そして早稲ちゃんは毎日のように駐在所に来ているのに、伯母さんの話題が今まで一切出てこなかったのは、そういうことでしたか。

「それにしたって、わざわざ故郷に帰ってきて、そんなことをしているのはどうしてなのかしら」

「何だろうね」

「確か、姉弟仲が悪いとは、早稲ちゃん言っていたけど」

周平さんも首を捻ります。

「わざわざ実家に喧嘩売りに帰ってきたようにも感じるよね。まぁ僕はその五月さんが、何かそういうことで騒ぎを起こさない限り、どうしようもないからね。どうなんですかって話を聞きに行くのも変だし」

確かにそうです。

そのときに、電話が鳴りました。周平さんが手を伸ばしてすぐに出ます。

「はい、〈雉子宮駐在所〉です。お疲れ様です。はい、蓑島です」

お疲れ様です、と言ったからには、本部からの電話でしょう。

周平さんがちらりと私を見て、少し笑みを浮かべました。ということは、松宮警察署の坂下《さかした》警部からの伝達事項でしょうか。

坂下さんは周平さんの上司であり、私の事情も全部知っている方です。ここに来ることに尽力してくださった優しい方です。

「はい、お陰様で、花も元気でやっています。はい、こちらの皆とも仲良くやっています。ええ」

頷きながら私に微笑みかけるので、私も気に掛けてくださってありがとうございます、と頭を下げておきます。

「はい、はい。え？」

周平さんが鉛筆を持ち直して、何かメモを取り始めました。単純な伝達事項ではなく、事件の連絡でしょうか。

「それはまた、いきなりというか」

いきなり、なんでしょう。少し戸惑っている感じですのでこちらに関係した事件の話ではないのでしょうか。

「〈作島均《さくしまひとし》〉ですね。もちろん、知っています。それはどういうことで。はい、はい。なるほど」

頷きながら長いメモを取っています。いろいろ書いているのでかなり細かい伝達事項ですね。

「はい、了解しました。そうですね。そんなことにはならないと思いますけど、気をつけておきます」

〈作島均〉とは、誰でしょうか。周平さんが電話を切りました。ふむ、って感じで頷いて、何か追加でメモを書いています。

「花さん。坂下警部からだった。元気でやっていますかって。こっちに来ることがあれば、顔を出してくださいって」

「はい」

ありがとうございます。

「それから、こっちが本題」

駐在所の妻は、夫である警察官と常に警察の情報を共有します。

あれ、と、周平さんが壁に掛かっている掲示板の方を鉛筆で示しました。そこには指名手配犯のポスターが貼られています。いかにも、な感じの似顔絵や写真が全部で八人分貼られているのですが。

「あ、〈作島均〉って」

わかりました。

「そう、政治犯だね」

もう十年ほども前のはずです。私がまだ医学生だった頃に、東京で起きた連続企業爆破事件の犯人の一人です。

ポスターになっているのは、眼鏡《めがね》を掛けて髪を伸ばし髭面《ひげづら》の男性が笑っている写真です。

いかにも楽しそうな様子なので、きっと友達とかと一緒に撮った普通の写真を使っているのだと思うのですが、これしかなかったのでしょうか、と前に思ったことがあります。

残念ながらと言うのもおかしいかもしれませんが、とても人の良さそうな笑顔で、爆破事件の犯人とは思えないのです。でも、これも〈作島均〉という人の一面なのだとも思います。

「確か、爆弾を作った人よね」

「そう、実際に爆破した犯人ではないんだ。爆弾を製造して逃走している一味の一人なんだけど、この〈作島均〉の目撃情報が入ったんだ」

目撃情報ですか。

「え、ここで？」

「松宮の方で」

松宮市でですか。

「何か、〈作島均〉と関係ある土地柄だったのかしら」

「それが、まったくないはずなんだ。そもそも〈作島均〉は東京出身だから、何故《なぜ》松宮の方での目撃情報が入ったのかさっぱりわからない」

「逃亡犯の目撃情報って、頻繁に入るものなの？」

「事件によるけどね。あの連続企業爆破事件はもう十年、正確には十一年か、随分前の事件だよね。逃げているのはこの〈作島均〉ただ一人で、他の実行犯は全員捕まっている。彼は実行犯ではなく爆弾製造だけして、実行の前に姿をくらませたからだろうね」

決して良くはないことなんですが、うまくやって逃げ回っているってことなんでしょうか。

「とりあえず目撃情報が入って、それに信憑性《しんぴょうせい》があるって本部で判断しているんだ。花さんも覚えておいてね。まさかこの雉子宮に現れるとは思えないけれど」

「そうよね。今、〈作島均〉は何歳なのかしら？」

「えーとね、五十八歳か。ちょうど清澄さんと同じぐらいかな」

五十八歳ですか。

「今もこんなに髪の毛がふさふさってことはないかもしれないわよね」

「目撃情報では、えーと紺と白の野球帽を被っていて、帽子からのぞいていた髪の毛も髭もそのままで半分ぐらい白髪《しらが》が交じっているって」

ちょっとびっくりしました。

「そんなに詳しく？」

周平さん、頷きます。

「目撃者が誰かはわからない。匿名《とくめい》の通報だった。けれども、ポスターを見て間違いなくあの男だったとしている。風貌《ふうぼう》も服装も事細かに伝えてきたそうだ。真面目な通報で、しかも十一年も前の事件の犯人だ。だからこそ、悪戯とは思えず信憑性があるって判断したんだろうね」

納得です。

「皆さんにも伝えた方がいいのかしら」

「いや」

首を横に軽く振りました。

「緊急性のある情報ではないからね。触れ回ることはしなくていいけど、僕の方から清澄さんと、村長さん、小学校の校長先生と、それから簡易郵便局と〈雉子宮山小屋〉には伝えておくよ。ポスターも山小屋には貼ってなかったから予備があるし渡した方がいいかな。後は、誰か駐在所に来た大人にも何人かに言っておこう」

「わかったわ」

長年逃げ回っている指名手配犯の目撃の通報。そういうことはあるんですね。初めての経験です。

「指名手配の犯人を捕まえたことって、周平さんはあるの？」

いや、とすぐに首を横に振りました。

「僕はなかったな。幸い、と言うのは変かな。刑事の頃に担当した事件の犯人は、全部捕まったからね」

周平さんが刑事としてとても優秀だというのは、私は結婚前に同僚の皆さんからよく聞かされました。蓑島がいなくなったら、検挙率がぐんと落ちるんじゃないかって冗談交じりに言っていました。

午前中、夏に備えて周平さんが網戸の修理を始めました。

一般の住宅では日曜大工でしょうが、これは駐在所の備品管理なので立派に仕事の範疇なのです。

昨年の夏はあったものをそのまま使ったのですが、けっこう古びていて蚊帳《かや》をそのまま雨戸に取り付ける形で作ったものなのであちこちに穴が開いて、蚊もけっこう入ってきたりしていました。

それを、ちゃんとした網戸用の網に付け替えるのです。駐在所には図書室がありますから、子供たちが大勢やってくることもあります。開けっ放しの縁側ではやはり衛生管理上よろしくありません。蚊やその他の虫が媒介する伝染病だってあるのです。

幸い、周平さんは手先が器用で、木工は得意です。

縁側の前の庭で作業をしていると、ジープの音が聞こえてきました。いつも聞き慣れているのですぐにわかります。あれは〈雉子宮山小屋〉のジープですから、圭吾くんですね。その後ろを走っている小さなトラックは、加藤さんでした。

今年ここに引っ越してきた加藤さん夫妻。

夫の正次さんは、元は自動車整備工だそうで、この間も駐在所のジープの具合を見てくれました。

「どうも」

圭吾くんがジープから降りてきます。後ろに停まった加藤さんも顔を出しました。

「電話貰って、ポスターを取りに来ました」

「あぁ、わざわざありがとう」

山小屋に貼る指名手配犯のポスターですね。渡すと、圭吾くんと一緒に加藤さんも見ていました。話は聞いていたみたいです。

「山小屋で、車の修理をしていたのかい？」

周平さんが訊くと、圭吾くんも加藤さんも頷きました。

「来てもらって、オイル交換とかもしてもらったんです。助かりました」

加藤さんは自動車整備の方がよく着ているツナギ姿ですね。あちこち油汚れがあって農業だけでなく自動車の修理の仕事もけっこうやっていることが、わかります。

「商売繁盛《はんじょう》だね」

「そんなことはないですよ」

「このままここで自動車の整備の仕事を開業するのは、ちょっと無理があるかな？」

周平さんが言うと、加藤さんも苦笑して頷きます。

「無理ですね。簡単な修理とか点検なら持っているもので間に合わせられますけど、いざ本格的に工具や機材を揃えるとなると、とんでもなくお金も掛かります」

そうですよね。

「だったら、こうやって農作業の合間に手間賃とかアルバイトみたいな感覚で、ほら、便利屋っていうのがあるじゃないですか。何でもやりますよって」

「あぁ、あるね」

東京などではそういう商売があるそうですね。

「そんな感じで、車関係の便利屋として頼まれて修理をしていた方が、たぶん実入りがいい気がします。料金も、極端な話ですけど、味噌や米の現物でも、生活していくならそれでいいわけなので」

「確かにそうかもね」

周平さんも頷きます。昔ながらの物々交換ですね。

加藤正次さん、ここに来たときよりもすっかり日焼けして、そして健康的に痩《や》せました。縁あって同じ村で暮らすことになったのですから、皆で仲良く、上手くやっていければいいなと思います。

「そういう仕事をしていたのは実家が、お父さんが修理工場をやってたとか、そういうのだったの、加藤くんは」

周平さんがそういえば、という感じで訊きました。

「あ、修理工場ではなく、町工場でした。今はないんですけど、父ではなく祖父《じい》ちゃんが始めた工場で」

「へぇ、どんなもの作っていたの？」

「ネジとか、精密機械の部品みたいなものです。でもそこを継ぐとかじゃなくて単純に車が好きだったので、専門学校に行ったんですよ」

そうか、と、笑みを見せながら周平さん頷きます。

「僕の父も警察官でね。蛙の子は蛙って言われたよ。お父さんもその工場で？」

はい、と、言いながら加藤さん、少し首を傾げました。

「潰しちゃいましたけどね。僕が専門学校行く前に」

周平さんも、話を聞いていた圭吾くんも、あぁそうなのか、と少し顔を顰めました。そういう事情があったのですね。

＊

網戸の修理はお昼ご飯を食べて午後になっても続きました。この家にはたくさん窓がありますからね。周平さんも、やるならきっちり全部最後までやらないと気がすみません。電話が鳴りました。

「あぁいいよ」

私が出ようとしたところを、周平さんが手を休めて駆け足で電話に近づき、受話器を取ります。

「はい、雉子宮駐在所です。あぁ、どうも」

笑顔になりましたから、誰か村の人でしょう。そう思った次の瞬間です。

「何ですって?!」

周平さんが驚いています。受話器を握る手に力が入りました。

「間違いないんですね?! はい、わかりました。こちらから電話します。すぐに現場に行けるようにしてください」

現場。

険しい表情です。どこかで何かがあったのでしょう。受話器を置くなり周平さんが私を見ました。

「花さん。権現滝で投身自殺があった」

「えっ！」

自殺？

「登山客が目撃した。それでその自殺者が〈作島均〉だって言ってる」

「何ですって？」

「登山客はたまたま山小屋に寄ってポスターを見たばっかりだったそうだ。それでそう言い出したらしい。花さんは念のために山に行く準備をして待っててくれ」

「一緒に行かなくていいの？　救急セットを持って」

無理だ、と周平さんは首を横に振りました。

「権現滝までは女性の足なら歩いて二時間は掛かる。一緒に行ってもどのみち救命処置は間に合わない。本部に連絡して川下からの救助捜索の手配をするから、そっちから要請があったらすぐに出られるようにしておいて」

「わかったわ」

「目撃者は山小屋で待機してもらっているから、そっちからの連絡が何か入ったら逐次無線を飛ばして。本部からの電話も全部。頼むね」

大きく頷きます。

権現滝で自殺。

でも、あそこは確か自殺をしても浮かんでこないと言われている滝つぼです。しかも、目撃情報があった〈作島均〉だなんて。

「松宮市での目撃情報は、ひょっとしたらこっちに、権現滝に来る途中のものだったのかしら」

本部への電話を終えて着替えている周平さんに言うと、少し首を捻ります。

「もしも本当に〈作島均〉なら、その可能性は高いね。いろんな疑問も出ては来るけど。とにかく行ってくる」

「気をつけて！」

周平さんが駐在所を走って出てジープに飛び乗りました。ミルや猫たちもこの雰囲気に何事か起こったのがわかったのでしょう。あちこちから出てきて、周平さんの運転するジープを見送りました。


周平さんはその日は帰って来られませんでした。

山小屋から連絡が入ったのは三時間後です。

権現滝での遺体発見はやはりできませんでしたが、まだ新しい男性用の帽子だけは発見できて、その帽子は〈作島均〉の目撃情報と同じ帽子だったそうです。

周平さんと山小屋の圭吾くん、駆けつけた消防団員の軒下《のきした》さんと康一さんは権現滝から下流に向かって川沿いに遺体を捜しに出たそうです。そして、飛び降りるところを目撃したという登山客の二名の男性は、山小屋から松宮警察署まで送られて詳しい話を訊かれたとか。

ジープの無線で直接周平さんから連絡が入ったときにはもう夜になっていました。暗くなったので捜索はここで諦めて、まっすぐ松宮警察署に向かうと。他の消防団の皆は帰ったので、戸締まりを確認して留守をよろしく頼むと言っていました。

周平さんが松宮警察署から戻ってきたのは次の日の夕方でした。

「お疲れ様でした」

「うん、花さんも留守番ご苦労様でした」

「寝られたの？」

大丈夫、と周平さんが言います。

「夜中に向こうで少しだけ仮眠したよ。何事もなかった？」

「なかったわ。圭吾くんが早稲ちゃんと一緒に来てくれて泊まってくれたの。一人じゃ心細いだろうからって」

「あぁ、良かった。圭吾くんもお疲れ様だったよ」

目撃者のお二人の話は間違いないもので、身元もしっかりしていたので警察は朝から遺体捜索にもう一度川の下流から上っていったそうです。そして権現滝まで辿り着きましたが、やはり発見には至らず。

本部にも権現滝に落ちたら遺体は上がらないというのを知っていた人がいたそうで、捜索はそこで一旦打ち切られました。目撃者のお二人も、ショックを受けていたそうですが、無事にお帰りになったそうです。

「自殺と判断されたの？」

お茶を淹れて、周平さんに出します。煙草《たばこ》を吹かしながら周平さんは頷いて、お茶を一口飲みました。

「保留付きで、そう判断した」

「保留付きというのは、〈作島均〉だから？」

「そういうことだね」

ゆっくり、何かを考えるようにして頷きました。

「これから目撃者の身元を再度確認して、疑わしいところが、つまり何か偽証でもしているような点がなければ、滅多にないことだけど、遺体未確認ながら被疑者死亡として指名手配から外されるかもしれない」

そういうことも、あるのですね。


晩ご飯の前に、電話が入りました。

本部からです。

周平さんは長い間ずっとメモを取りながら、静かに話していました。三十分も話していたでしょうか。ゆっくりと受話器を置いてから、ふぅ、と息を吐いて、煙草に火を点けます。

「どうだったの」

「目撃者のね、お二人の男性の身元はしっかり確認されたよ。二人とも〈作島均〉とはまったく縁もゆかりもない一般の方々。東京在住の登山愛好家で、祝日の休みを利用して来ていた」

「本当に、たまたまだったのね」

「そういうことだね。それで、まだ遺体の捜索は随時本部の方で行うし、こっちでも山小屋と協力して権現滝を何度か捜してはみるけれども、権現滝で遺体が浮かばない事案があったのは本部でも記録に残っていた。なので、〈作島均〉の指名手配は一時解除されることになったよ」

「そう」

まだ捜索は何度か行うけれど、とりあえずこの案件は片付いたということになりますね。

でも、机の前では周平さんがおでこに手を当てたまま煙草を吹かして考え込んでいます。

明らかに何かに納得していないような顔です。

「どうしたの？」

「いや」

煙草の煙を流します。

「本当に〈作島均〉は自殺したんだろうか、と考えてしまって」

　そこなんですね。

「あれでしょう？　ご遺体が上がらなくて、〈作島均〉本人が落ちたと直接その眼で確認できたわけでもないからでしょう？　それは誰でもそう思っているんじゃない。私も疑問符は残ったままだもの」

「確かにそうだろうね。本部の皆も、遺体が上がらないんじゃあしょうがないか、と無理に納得している感じだ」

「でも、目撃した人が二人もいるんだから」

　周平さんが頷きます。

「花さんには言ってなかったと思うけど〈雉子宮山小屋〉の哲夫さんも圭吾くんも、髭面の男が山小屋に寄らずにまっすぐ山に向かっているのを見ている。顔ははっきり見ていないけど、背格好は〈作島均〉の特徴と一致している」

「あ、それは昨日圭吾くんに聞いたわ。確かに登っていったんだって。あのときに追いかけて声を掛ければよかったって」

「そうか」

　そうなんだ、って周平さんは確認するように頷きます。

「それに、目撃者の登山客には山小屋で圭吾くんが教えたんでしょう？　貼ったばかりのポスターで、この人が近くで目撃されたんだって。それを見た二人が、権現滝に落ちたのが〈作島均〉だって、双眼鏡ではっきり見たんでしょう？　間違いないって。ポスターの男によく似ていたって」

帽子も発見されたんです。

その通りだって周平さんも言います。

「目撃者が証言した、自殺した男の風貌も、松宮市での目撃証言とほぼ同じものだった。だから、皆が〈作島均〉だったんだな、と判断した。でもだよ？　花さん。もしも、だよ？」

「うん」

「もしも、その目撃者の登山客二人が嘘をついていたら？」

「嘘って、目撃証言が？」

「そう。自殺者なんかいなかったとしたら？」

「え？」

いない自殺者をでっちあげたってことですか？

「何のために？　何のためにそんな嘘の目撃証言をしたって考えるの？」

人差し指で、周平さんはポスターを指差しました。

「〈作島均〉を、永遠に逃がすために」

永遠に、逃がすために？

「〈作島均〉が死んだと見せかけて、もう二度と警察の手が回らないように考えたってこと？」

「そういうことだ」

「え、でも」

それはおかしいです。

「つまり、登山客の二人が〈作島均〉の逃亡の協力者だったってことよね。おかしいわよ。だってもう十一年も逃げ続けているのに、今更嘘の目撃情報を出したってことになるでしょう？　そんなことをしても何にもならないんじゃない？　今まで通り逃げていれば済むことじゃないのかしら」

「いや、〈死んだ〉という事実を作るためだよ」

死んだ。自殺した。

「そうしておけば、もう指名手配は消える。被疑者死亡、でね。実際に、今こうしてその事実が作られたんだ。明日から〈作島均〉は指名手配犯じゃなくなる。死んだ人間になる」

それは、そう考えれば確かにそうですけれど。

「じゃあ、〈作島均〉か、もしくは目撃者の二人が、権現滝のことを知っていたってことになるわね。ここなら遺体が浮かばないから、落ちなくても嘘の証言をすれば、死んだことになるって計画したわけなの？」

「そういうことだね」

周平さんは大きく頷きます。

「はっきりとした目撃者がいる以上は、遺体が上がらなくても、ましてやそういう事象がはっきりと確認されている権現滝のような場所なら、被疑者死亡とするんだ。そうじゃなきゃ登山者の目撃情報が嘘だと警察が判断したってことになってしまって、目撃者を虚偽証言で逮捕しなきゃならなくなる。むろん、そんなことはできるはずがない。そこまで考えてやったとするなら完璧なんだ」

「そう、ね」

そういうことなら、確かに完璧かもしれません。

「でも、目撃者のお二人の身元ははっきりしたって電話が入ったんでしょう？〈作島均〉とは何の関係もないって」

「はっきりした。二人とも同い年で、〈作島均〉とは年齢も親子ほど違う。二人の経歴のどこにも〈作島均〉との接点がまったくないことが確認されたんだ。本当に二人はたまたま休日に登山に来た愛好家なんだ。だから、僕がこうして疑う理由は今のところどこにもないんだけど」

ないのに、考えています。

「何か理由があるんでしょう？　本部にはわからない、言ってない、周平さんだけが知ってる疑う理由が」

周平さんは、小さく顎を動かしました。

「加藤正次くん」

「加藤さん？」

「痩せたよね。ここに来た頃よりは、農家や自動車修理で身体を動かしているせいか、ずっと痩せたよね。顔も身体も」

「そうね」

確かに痩せました。とても健康的に。むしろ前の方が少し病的に太っていたという印象を受けました。

「医師は、遺伝というものをどう捉えているの？」

「遺伝？」

「たとえばさ、うちの親父」

机の一番上の引き出しを開けて、そこから写真立てを取り出しました。これは周平さんのお母様が寄越してくださったもので、亡くなられた周平さんのお父様の写真です。お父様の若い頃の、警察官の制服姿のもの。お父様も交番の制服警官でした。

「僕と親父はよく似ているって言われるんだ。最近自分でもますます似てきたなーって思うんだけど」

「本当によく似てるわ」

何度見ても思わず笑顔になってしまいます。私が周平さんと知り合うずっと前に亡くなられたお父様。優しそうな笑顔も周平さんと同じです。

「あの指名手配の〈作島均〉の写真なんだけど、加藤正次くんがもっと痩せたら、とてもよく似ていると思わないかい？」

「えっ⁈」

壁のポスターを眺めます。

そして、加藤正次さんの顔を思い浮かべました。

「確かに、そう言われれば」

「そうだろう？〈作島均〉の目撃証言があったと聞いてから、いや加藤くんを初めて見たときからずっと思っていたんだ。そういえば造作がよく似ているな、と。僕と親父みたいにね」

「でも他人の空似ってこともあるでしょ？」

「それは、ある」

「ましてや年齢が全然違うじゃない。〈作島均〉と加藤さんは」

もちろんだ、と周平さんは言います。

「本人だって言ってるわけじゃないよ。正次くんが、〈作島均〉の息子だとしたら？」

「息子さん？」

「〈作島均〉には、一人息子がいたんだ。名前は〈作島正次〉。加藤正次くんと同じ名前で字も同じだ。そして、同じ年齢だよ」

「え？　加藤さんが、〈作島均〉の息子さんなの？」

周平さんが、首を横に小さく振りました。

「まだ未確認なんだ。でも、仮にだ、加藤正次くんが〈作島均〉の息子だったとしても、父親の罪は息子には何の関係もないよね」

「ないわ」

あるはずありません。

「だから、そこは、僕は確かめようとは思わなかった。思っていなかった。もしもそうなら、父親があんな犯罪者になったことで、指名手配されたことで、正次くんがこの十一年間どんな思いで生きてきたかを思うと胸が痛んだ。まだ彼は二十代だ。十一年前は高校生だったろう。あんなに太ったのも父親と似ている自分を隠すためだったのかもしれない、とも考えた。若いのに珍しい婿養子になって加藤さんの名字を名乗っているのも、ひょっとしたら作島という珍しい名字から逃れるためだったかもしれない。そうも考えた」

周平さんは、的外れなことは言っていません。

考えられることです。だから、本部にこの考えを僕は報告していない。できなかった。ただ」

「ただ？」

「もしも彼が、逃亡中の父親と共謀して、しかも仲間を使ってこの偽の自殺劇を仕組んだのだとしたら」

「そんな」

周平さんが、人差し指を立てました。

「奥さんの百合香さんは小さい頃にここによく来ていた。それで権現滝のことも知っていた。その話を聞いて、正次くんがこの計画を立てたとしたら？　哲夫さんと圭吾くんが目撃した髭面の男は正次くんの変装だとしたら？　痩せたことで父親と同じ背格好になったからこそできたとしたら？」

周平さんは一気に言って、それから大きく息を吐きました。

「これは、全部、証拠のないただの推測なんだ。でも、事実として加藤正次くんが〈作島均〉の息子だったとしたら、息子が暮らすところにやってきて父親が自殺したというその偶然は、本当に偶然だったのかということを、僕は警察官として確かめなきゃならない」

問違ったことは言ってません。

周平さんの考えはよくわかりました。

「じゃあ、調べに行くの？　加藤正次くんが、本当に〈作島均〉の息子かどうか」

「いや、これは僕個人の考えだからね。本部に報告はできないから、勤務中には動けない」

「どうするの」

「信頼できる人間に、頼んでみる」

次の日。周平さんは朝からまた圭吾くんと一緒に権現滝に行きました。予想通り、そこには何も浮かんでいませんでした。そこから川を下って戻ってきましたけど、ご遺体はおろか、遺留品も何も見つかりませんでした。

これからしばらくの間、この探索が日課になりそうです。

夜になって、晩ご飯も済んだ頃、珍しくジャケット姿の康一さんが駐在所にやってきました。

「毎度どうも」

「今晩は。どうしたの？」

「何、旦那に頼まれたことをね」

頼まれた。康一さんに頼んだのですか。あの調べものを。思わず周平さんを見てしまいました。

「あのことを頼んだの？」

警官でも何でもない、一般人の康一さんに。

康一さんが私の顔を見て察したのか、笑って手をひらひらさせました。

「おっと、いいんだって花さん。俺ぁ旦那に人生を救われた人間だ。そして、世間の裏道を知ってる人間だからさ。こうやって旦那の手先、いや手先ってのは言い方が悪いな。昔の岡《おか》っ引《び》きみたいにさ、動くのは性に合ってるんだよ」

「でも、畑のお仕事だってあるのに」

「一日ぐらいどうってことないさ。良美だって旦那のためなら何でもやってこいって言ってるんだ。ましてやさ、今回も雉子宮の若い仲間のためだろう？　人助けかもしれねぇんだ」

それは確かにそうです。

「助かったよ。軽く一杯やるかい？」

「おっ、いいね。労働の後の一杯は格別だ」

周平さんも私もお酒はほとんど飲みませんけれど、こうしてお客さんが来たときのために、ウイスキーや日本酒を置いてあります。

冷蔵庫から氷を出して、康一さんに水割りを作りました。周平さんと私はコーヒーにしました。

「それでさ、きっちり、誰にもバレないように調べてきたぜ。そこんところは安心してくれ」

「信用してるよ」

　康一さんがジャケットの内ポケットから、メモ帳を取り出しました。

「まず、間違いなく〈作島均〉には作島正次という息子がいたんだよ。これは調べるのは簡単だった。それでさ、実は〈作島均〉はさ、指名手配される前に離婚してんだよ。ほとんど直前にな」

「離婚か。そうか」

　周平さんが頷きました。

「たぶんだけどよ、逃げる前に離婚届に判を押して出ていったんじゃねぇか。だから息子の作島正次は、その後にすぐ母方の方の三隅になっているのさ。三隅正次、あいつの旧姓だ」

　結婚する前の名字が三隅というのは、お母さんの方の名字だったのですね。

「そしてな、目撃者の二人だけどな。ほぼ、っていうか、完璧に旦那の推察通りだったぜ」

「推察通りって？」

訊くと、康一さんが一度唇を引き締めました。

「〈作島均〉が自殺したのを目撃したと証言したのは二人の男だよな。名前は、西野春男《にしのはるお》と、山東義正《さんとうよしまさ》。二人とも東京の人間だよ。警察も調べた通り〈作島均〉との接点はまったくないんだ。でもな、まず西野春男はな、作島正次じゃなくて、三隅正次になって転校した先の高校時代の同級生だったんだよ」

高校の、同級生。

驚きました。思わず眼を丸くしてしまいました。周平さんは、それを考えていたんですか。

「そしてな、もう一人の目撃者である山東義正は、三隅正次が高校を卒業して自動車専門学校に入ったときの同級生だった。つまり、西野春男、山東義正、三隅正次は三人とも同い年の、友人だ」

友人。

友達。

「じゃあ」

周平さんが、頷きます。

「目撃者の二人は確かに〈作島均〉とは何の繋がりもない。それは間違いないけれども、その息子の方とはしっかり繋がっていたってわけだ」

「まさかね」

　康一さんが唇をへの字にしました。

「そんなふうに繋がるとは思いもしなかったよ。旦那に言われてもそんなのありか？　って思ったけどさ」

「周平さんは、いつそれに気づいたの？」

　首を横に振りました。

「気づいていたというより、可能性を考えたんだよ。もしも正次くんが〈作島均〉の息子だとしたら、今回の自殺騒ぎは一体なんだったんだろう、とね」

　小さく息を吐きました。

「それを考えると目撃者が偶然現れることは考えられない。誰かが仕組んだんだ、と。じゃあ警察も気づけない関係者とは誰なんだ、と考えたら、息子の友人しかいないな、って」

「友情だよな」

　康一さんが言います。

「正次はさ、父親が犯罪者になっちまったときに人生詰《つ》んじまったんだよ。犯罪者の息子っていう色眼鏡で見られるようになっちまった。そんな奴を俺は何人も知ってるよ。本人には何の罪もないのによ。それを救ってくれたのは、きっと西野春男さんと山東義正さんだったんだろうさ。二人の友情で、親父が犯罪者という世間の色眼鏡から逃げ回る人生から救われたんだろう」

「そうだろうね」

周平さんも頷きます。

「三人はきっと深い友情で結ばれているんだろう。それは間違いないと思う。そうでなければ、こんなことはしない」

「警察がそこに気づかなかったのは、どうしてなのかしら」

「息子の友人関係までは調べないし、そもそも息子がここにいるなんて思いも寄らないさ。だから、息子が今は婿養子になって加藤正次という名前で、父親の自殺現場になった村にいるなんて誰も考えもしない。僕が気づいたのは、単にここの駐在だったからだ。正次くんの顔を見ていたからだよ。似ているな、とね」

「それだってな。単に他人の空似ってこともあるのに、よく考えたよな、そこまで」

周平さんの、刑事としての勘だったのでしょう。

「どうするの？　本部には報告するの？」

「何度も言うけど、報告はしないよ。正次くんは父の犯罪には無関係だ」

「でも、もしもお父さんである〈作島均〉さんが、死んでいなかったとしたら？　周平さんの考えた通りに、正次くんが考えた偽装自殺計画だったとしたら？　それは、犯罪でしよう?」

一度眼を閉じて、周平さんは何かを考え込むように下を向きました。

「確かにそうだけど、その計画の証拠もない」

「ねぇな」

「確かめられたのは、目撃者が、自殺したとされる犯人の息子の友人だった、という点だけだ。警察は、逃亡していた〈作島均〉の自死により被疑者死亡という結論で既に動いている。目撃者の証言は偽証だという証拠は何もないから、それを覆《くつがえ》すことはできない」

「まぁできないよな。仮に事情聴取で問い詰めたって、偶然です、知らなかったですって言われたら、それ以上突っ込めないだろうよ」

「それに」

周平さんが、窓の外を見ました。

「本当に、自殺だったという可能性だって、あるんだ」

本当の、自殺。

「そうすると、二人の証言は偽証でも何でもない。真実だよ。本当に、〈作島均〉が飛び降りたのを見たんだ。隠されていたのは、死んだ人間の息子の友人だったという事実だけだ」

息を呑んでしまいました。

確かにそうです。本当に、〈作島均〉さんが自殺をしたという可能性もあるんです。康一さんが、深く頷きました。

「父親がよ、今になって何をどう思ったかわかんねぇけど、息子のために自分が死んだことをきっちり世間に知らしめるために、計画したことかもしんねぇってことだよな」

こくん、と、周平さんが頷きました。

「でも？」

「そうだったとしても、何故遺体が浮かばない権現滝を選んだのか、という疑問は残る。本当に死んだことを知らしめるのなら、遺体が上がった方がはっきりするのは当たり前の話だ」

「そうだな」

「だから、確かめるよ」

顔を上げて周平さんが言いました。

「何を？」

「正次くんにね。お父さんのことを。生きているのか死んでいるのか、本人はどう思っているのか、それだけは訊いておく」

康一さんも、うんうんと頷きました。

「それでいいんじゃねぇかな？」

周平さんがそれを確かめたのは、翌日でした。

使っているオートバイのエンジンの掛かりが悪いので、時間のあるときに駐在所に来て見てもらえないかとお願いしたのです。それは、本当のことでした。もちろん駐在所の経費で料金は払います。

正次くんは、お昼前に来てくれました。駐在所の前でオートバイを見て、エンジンを掛けてみて、すぐにわかったようです。

「プラグかぶっちゃってますね」

「やっぱりか」

私にはまったくわからないのですけど、何かの部品を示しています。

「掃除すれば何とかなりますけど、できるなら取っ換えた方がこの先安心ですよ。取り寄せますか？　ちょっと時間は掛かりますけど」

「頼むよ。どこから取り寄せるの？」

「知り合いの工場です。仕入れ値だから郵送の切手代入れてとんとんですよ」

わかった、と、周平さんが言います。

「工場って言えば、この間お父さんが町工場を潰しちゃったって言っていたけどさ」

「はい」

周平さんが、静かに頷いてから、真っ直ぐに正次さんを見つめて言います。

「正次くんのお父さんは、もう亡くなられているのかな?」

正次くんは、何の躊躇《ためら》いもなくすぐに頷きました。

「もう死んでいると思います」

「思う、とは?」

「会っていないんです。母と離婚してからは」

ただの一度も、と、正次さんは周平さんを見て言いました。

「死んでいると思う、理由があるの?」

「ないです。ただ、そんな気がするだけです」

静かな笑みを浮かべて、正次くんは言いました。周平さんは、そうか、と頷きました。

「死んだと思っている、か」

それから神社の方を見上げました。

「神社のお葬式を知ってるかい?」

「神社の?」

正次くんが少し首を傾げました。

「いや、知らないです。お寺じゃなくて、神社の?」

すぐそこにある〈雉子宮神社〉の方を指差しました。

「そう。神葬祭《しんそうさい》と言うんだ。神社では行わない。そこの家でやるんだ」

「家で」

「お寺の仏教では亡くなった人を極楽浄土へ送るために葬式をするけど、神道では亡くなった人をその家に留めて神様、守護神にするために神葬祭をする」

守護神、と、正次くんが呟きます。

「つまり、ずっと君たちといる。君たちを見守る。君がお父さんが死んだと思っているのなら、〈雉子宮神社〉に頼んで神葬祭をしてもらえ。僕が清澄さんに言っておく。ご遺体はないけれど頼みますと」

「家で、僕が？」

「そうだ」

周平さんは、強い眼で、真剣な表情で、正次くんを見ています。

「君がお父さんが死んだと思い、そしてここで生きていくなら、それがけじめというものだと僕は思う。そうしたまえ」

正次くんは、じっと周平さんを見つめました。

それから、一度唇を引き締めてから、頷きました。

「わかりました」

そうします、お願いします、と頭を下げました。

〈また日報には書けない出来事がありました。

だから、日記にも詳しくは書きません。

親と子の人生はまったく別のものです。親の人生のために子供が犠牲になることなど、あってはいけません。その人の人生はその人のものなのです。

真実はどこにあるのか。真実とは何なのか。それを表に出すことで誰の何が満たされるのか。

彼の言葉に嘘はなかった、と、周平さんは言いました。自分を見つめた瞳にも誤魔化しの色はなかった、と。もしも、あれが嘘なんだとしたらそれは相当の覚悟をしている人間のものだろうと。

覚悟をして、ここにいるんだ、と。

周平さんが選んだのは、今ここにいる人たちの、未来を生きる若者の平穏な暮らしを守ることでした。

私も、それでいいと思いました。〉

夏 土曜日の涙は、霊能者

〈昭和五十一年八月十四日　土曜日。

本当に、不思議なものに出会ってしまいました。

医師というのは学者であり研究者でもあるわけですから、不思議なものや神秘的なものは信じず無縁と思われがちですが、実は人一倍、人体の神秘というものに触れているのです。医療の限界を知って、奇跡を祈ったりもしますし、実際に奇跡としか言いようのない患者の回復を目の当たりにしたりもします。

なので、不思議なものを真っ向から否定したりはしないのですが、本当に人間という生き物はまだまだわからないことばかりなんだと強く思いました。〉

ワン！　というミルの声でびっくりして眼が覚めました。

周平さんも飛び起きたらしく、私はヨネとクロが空中で身を翻《ひるがえ》して着地するのを見てしまいました。

きっと周平さんの上に乗って寝ていたところを、身体ごと飛ばされ、驚いて自分で跳び上がったんだと思います。

「どうしたミル！」

まだ辺りは真っ暗闇です。

枕元の目覚まし時計は二時過ぎ、丑三《うしみ》つ時です。

「あ」

ミルが尻尾を大きく振って見つめる先を確認して、わかってしまいました。

カブトムシです。黒々とした立派な角を振り上げた大きなオスのカブトムシが、畳の上をゆっくりと歩いています。きっと猫たちよりもミルがいち早く気づいて、どうしようか迷って堪え切れずに吠えたのでしょう。

周平さんが、やれやれと笑いました。

「どっから入ってきたんだ、お前」

起こされた猫たちも、獲物じゃないか！　と頭を低くして見つめています。猫たちのおもちゃにされては可哀相なので、周平さんがすぐに捕獲しました。

「昼の間にどっかから入っていたのね」

「そうだね。網戸はちゃんとしているから」

窓を開けて、周平さんがカブトムシにお引き取り願いました。

都会では子供たちにあげたりするとかなり喜ばれるカブトムシですけど、この辺りの子供たちはカブトムシを見つけても興奮したりしません。捕ろうと思えば季節がくれば簡単に捕まるんです。子供たち、特に男の子たちは山の中のどこにカブトムシが集まる木があるかを、ちゃんとわかっています。

興奮するのは、大きさにですよね。相当大きなカブトムシを見つけたときは、男の子たちが自慢しています。都会の子供たちは夏休みの自由研究で昆虫採集などをするのでしょうけど、ここではあっという間に、一晩でたくさんの昆虫を捕まえることができますよ。

やれやれ、と、周平さんが台所へ向かっていきました。

「水飲んでくる」

こんな時間なんですけど、妙に眼が冴《さ》えました。きっとぐっすり眠ってちょうどいい時間帯だったんですね。

　窓際に置いてある蚊遣《かや》り豚《ぶた》からはまだ煙が立ち上っています。私も周平さんも厚手のカーテンを好まないので、薄手のカーテンの向こうにほんのりと月明かりを感じます。周平さんが戻ってきて、よいしょと言いながら布団に寝転がりました。

「今日は寝苦しくないね」

「うん、快適」

　寒いときには布団に潜り込んできた猫たちも、今は布団の上や脇の畳の上で寝るようになっています。うろうろしていた猫たちも、また落ち着いて周平さんの周りでゴロンと寝転がりました。

「こんな夜中に起きるとね」

　周平さんが小さく言います。

「うん」

「ときどき思い出すんだ。親父が死んだ日のことを」

「お義父《とう》様」

　警察官をしていた周平さんのお父様は、まだ周平さんが小さい頃に急な心臓の発作《ほっさ》で亡くなったと聞かされています。

「命日は、もうすぐよね」

八月の十九日。お盆を過ぎた辺りのことだったそうです。

「こんなふうに寝ていたんだ。その頃はまだ僕も小さかったから、おふくろと三人で僕を挟んで川の字になってね」

「そう」

「うん」

「交番勤務だった親父は、その日は早めにうちに帰ってきて、三人で晩ご飯を食べたんだ。一週間のうちに一回か二回しかない家族でゆっくりできる日だった。僕は、親父と過ごせるその日が楽しみでね。一緒にお風呂《ふろ》に入って、ナイターを観て、寝た」

「そのまま、亡くなられたのよね」

気づくと、もう事切れていたそうです。たぶん、心臓の疾患はずっとあったのでしょうけど、その当時の医学では気づけなかったのだと思います。どうしようもなかったのでしょう。

「その夜はね、どういうわけか眼が覚めたんだ、僕は。夜中に突然起きてしまって、身体を起こした。左におふくろが寝ていて、右側に親父が寝ていた。二人とも寝息を立ててぐっすり眠っていた。何故か安心して僕はまたそのままころんと眠ったんだよ。はっきり覚えているんだ。あぁ、良かったって思ってね。時間的に考えると、そのすぐ後に親父は心臓発作を起こしたんだよね」

それは、初めて聞きました。

「そうだったの」

「たぶん、虫の知らせみたいなものがあったのかなって。少し大人になったときに思い出してそう考えたよ。どうせならもう少し後から起こしてくれれば間に合ったのにな、って」

周平さんが顔を横に向けて、私を見て微笑みました。

「寝よう。おやすみ」

「おやすみなさい」

明日も、もう今日ですね、よろしくお願いします。


小学校がお休みだと、登校の見守りがない分だけ朝に余裕があります。今日は朝はパンにしました。トースターを買ったのでトーストを作るのがすごく楽になりました。今まではそのうちに買おうと、お餅《もち》を焼く網で食パンを焼いていたのです。

バターに、この間早稲ちゃんがくれたすもものジャム、目玉焼きとハムを一緒に焼いて、キュウリとキャベツの千切りをつけて、いただきもののトウモロコシも載せます。それに、牛乳とコーヒーです。

「このジャムは本当に美味しいね」

二枚目のトーストを食べて周平さんが言います。

「そうでしょう？　作り方は習ったから、今度は私も作ってみるね」

「こっちに来てから絶対に太った気がするな」

「そうかもね」

笑います。本当にご飯が美味しく感じるんです。お米も農家の皆さんから直接美味しいものを買えますし、貰ったりもします。野菜も何もかも畑から直送のものばかりですから、新鮮で美味しいんです。

まだ朝早いのに開け放した窓や縁側から、もう蟬《せみ》の声がうるさいぐらいに聴こえてきます。遠くから子供たちの遊ぶ声も、元気に響いてきます。

「今日も暑くなりそうだね」

天気は良いです。近くに海があれば、海じゃなくて水を張ったたらいでもあれば飛び込みたくなるぐらいのお天気です。

この辺りの夏は気温は横浜とそんなに変わらないのですけれど、山や川がある分だけ通り抜ける風が爽《さわ》やかな気がして涼しく感じるときもあります。

学生は夏休みの真っ最中で、社会人もお盆休みの時期です。

雉子宮にも、お盆で里帰りする人たちがバスや車でやってきていて、普段よりもほんの少しだけ賑やかで、活気に溢《あふ》れているような気がします。

その分だけ駐在所に掛かってくる電話も、毎日少しですけど増えています。他所の街に住んでいる従兄弟が遊びに来ているんだけど、川で転んで怪我をしてしまった、とか、山登りをしたはいいけれど迷ってしまっている人がいるとか、酔っぱらって喧嘩が始まっているので何とかしてくれ、とか。

どれもこれも大事にはならずに済んで良かったということで終わっていますけれど、いろいろと気をつけてほしいです。

でも、夏になると皆が開放的に、そして活動的になるので仕方ありませんね。夏服であるワイシャツの制服を着た周平さんも、毎日ジープやバイクで出かけていって、汗だくになって帰ってきます。

周平さんが朝のパトロールに出かけてすぐに、Tシャツに短パン姿の昭くんがやってきました。

「おはようございまーす」

「あら、おはよう」

中学生になった昭くん、髪の毛を短く切って、そして何だか急に背が伸びて精悍《せいかん》な感じになってきました。笑顔はまだまだ幼さが残っているんですけど。

「これ、母さんが持っていけって」

「あら、大きなスイカ！」

「たくさん買ってきたんだ。お盆だからって」

「親戚の人とか来てるの？」

うん、と頷きます。昭くんは中学校の部活動で剣道部に入ったそうです。周平さんも剣道は四段なので、いろいろ話をしました。

「何か本でも持っていく？　でももう読む本もないか」

少し大人びた感じで昭くんが笑って頷きます。

「中学校の図書室にけっこうあるので」

「そうだよね」

もう小学生が読むような本は、子供っぽすぎるかもしれません。まだ何か話したそうな顔をしています。

「周平さんって、大学は出ているのかな」

「周平さん？　ううん、出ていない。高校を出てから警察学校に入ったから」

「大学は行かなくても、警察官にはなれるんだよね」

ピンと来ました。ひょっとして昭くん、将来は警察官っていうのをちょっとでも頭に描いたのでしょうか。

「なれるはずよ。でも、大学に行ってもなれる」

「どっちがいいんだろう？」

その答えは簡単なんですけど、選ぶのはいろんな事情が絡んできますよね。

「簡単に言っちゃうとね。大学行ってから警察に入った方が、出世ができます」

「出世」

「偉くなれるのね。警視総監とかは大学出てないとなれないから。でも、警察官になって犯罪を取り締まろうとか、悪い人を捕まえようとか、そういうことを考える人って、別に偉くなろうとは思っていないわよね」

昭くん、ちょっと考えてから、頷きました。

訊いてみましょうか。

「ひょっとして、将来は警察官になりたいって思った？」

「うん。中学入ってから、将来はどうするかって話をしてて」

「そっかー」

「美千子がね」

「美千子ちゃん？」

「花さんみたいに、女医さんになってみたいって」

「えっ」

美千子ちゃんが？

「それなら大学へ行かなきゃならないって。そんな話をしたんだ。花さんは大学へ行ったんでしょ?　母さんが、花さんみたいに女医さんに、しかも大学病院の外科医になるのはものすごく大変で、すごい頑張った人なんだよって」

昭くんも美千子ちゃんもお父さんはこの辺りでは少数派のサラリーマンの家庭です。

確か、昭くんのお父さんは松宮市の製薬会社勤務で、美千子ちゃんのお父さんは食品会社だったはず。いろいろ事情には詳しいのでしょうし、何よりも子供たちを大学へ行かせられる環境なのでしょう。

「そうだね。私はもう医者じゃないけれど、確かにお医者さんになるには医大に行かなきゃなれない。勉強もすっごく大変。それは警察官になるのも同じ。警察学校は厳しいって周平さんは言ってた」

「そうだよね」

「でも、大丈夫」

そう、大丈夫です。

「なりたい、っていう強い気持ち。それさえあれば、どんなに大変でも乗り越えられるよ。だって、私も周平さんもそうだったんだから」

パトロールから帰ってきた周平さんに、さっそく昭くんがしていた話を教えてあげると、すごく喜んだ顔をしました。

「へぇえ、昭くんと美千子ちゃんがね」

「嬉しいわよね。そういうの」

「嬉しいな。警察官になりたいって話を聞くと本当に嬉しくなる。そうか、だから突然剣道部なんか入ったのかな、昭くん」

「それもあるって。周平さんは剣道四段に柔道二段でしょう？　柔道は体育の授業もあるけど、剣道は部活じゃなきゃできないからって」

うんうん、って周平さんが頷きます。

「苦手だったら剣道だけでもいいからね。柔道はどっちみちやらされるんだから、剣道の方は取っておいて損はない。そっかー昭くんが」

本当にニコニコしていますね。

「今度剣道を教えてあげようかな。日曜日にでも」

「あら、日曜日だって部活はあるでしょう」

「あ、そうか」

「今から頑張って大学出て警察官になったら、周平さんのボスになれるかもしれないよって教えておいた」

ボスか、って周平さんが少し考えます。

「確かに、二十年後は昭くんが三十三歳で、僕は五十一か。あり得るな」

「本当に上司になっちゃったりして」

「それならそれで目茶苦茶嬉しいよ」

本当にそうですよね。もしも将来、美千子ちゃんが進学とかの相談に来たら、今の私にできることなんかほとんどないんですけれども、できる限りのアドバイスをしてあげようと思います。中学までだったらまだ勉強も見てあげられるんじゃないかと思いますけど、甘いでしょうか。

*

〈雉子宮神社〉の早稲ちゃんと、〈雉子宮山小屋〉の圭吾くんの結婚がこの秋に決まりました。

この村で育った者同士の、しかも若い人の結婚は本当に久しぶりで、その上由緒ある神社の跡取り娘の結婚ですから、村を挙げての盛大な結婚式になるのではないかと皆が話しています。

私も周平さんもすごく楽しみにしているんです。

以前に清澄さんに、結婚はいいけれども二人の仕事について相談されたときにはちょっといろいろ考えてしまったんですけれど。

「大体考えすぎなのよね。お父さんは」

今日もやってきてくれた早稲ちゃんが言います。

毎日早稲ちゃんは駐在所に顔を出して、私の家事の手助けをしてくれます。早稲ちゃんも神社は暇だし私と話せて楽しいしで何の問題もないそうで、むしろいい花嫁修業になると言っていたのですが、それが本当になってきました。

結婚するのに、無理に神社を継がなくてもいい。山小屋で圭吾くんと一緒に働いてもいいんじゃないかと、話を訊いてみてくれないかと清澄さんに頼まれたのはけっこう前でしたよね。

訊いてみたら、早稲ちゃんは笑ったんですよ。

どうしてそこで二者択一なのかなって。

「神主としても働く。そして山小屋の主人の妻としても働く。両方やればいいじゃないのねぇ？」

「それは、そうよね」

両方できるんなら、それはそれで素晴らしいことです。

「花さんだって、こうやって主婦と駐在所の係員の両方をやっているでしょう？」

「うん」

両方、という感覚はないんですけど、確かにそうです。駐在所の警察官の妻として仕事をする分だけのお手当ては頂いていますから妻でもあり、係員でもあります。

「それと同じことよ。そもそもうちの神社なんて誰も来なくて、あるのはせいぜいが神前結婚と葬式が少しで、祈禱《きとう》だってほとんどないのよ。お守りなんてもう十年も前に作ったのがずっと残ってるのよ」

「そう、かもね」

観光地の有名な神社は、ひっきりなしにやってくる人の対応で大変なのでしょうし、お守りとかもかなり売れるんでしょうけど。

「最近都会の神社で増えてるのはあれなの。マイカー祈禱ね」

「マイカー祈禱？」

「車を買ったときに、神社に持ってきて安全祈願をするのよね。それがもう横浜とか東京なんか毎日ひっきりなしで依頼が来て大変なんだって」

なるほど、って頷いてしまいました。マイカー祈禱。確かに交通安全は皆が望んでいますよね。車の事故がなければ周平さんのお仲間の交通係の人たちも随分と楽になると思います。

「でも、こんな田舎で新車を買う人なんかいないのよ」

「そうね」

「で、本当に暇でどうしようもないんだから、本音を言えば食べていけないのよ。田舎だから都会とは違って米や野菜なんかをタダ同然で貰ったりしているから生きていけて、そこは助かるんだけど、現金収入のあてがほとんどないのは本当に大問題」

「そうなのね」

　確かに考えればそうです。あまり考えたくないことですけれど、神社と言ってもそこに働く人たちは普通の人間です。現金収入がなければ、そこで働いている人は食べていけません。神様は給料をくれませんからね。

「だから、私は神職を継ぐと同時に、〈雉子宮神社〉で稼ぐことを考えなきゃならないの。どうやったら神社が稼げるかと言えば、さっきも言ったけどそこが観光地になればそここそ人も入るのよ」

「そうよね」

「そのためにも、〈雉子宮山小屋〉にも観光の拠点として頑張ってもらわなきゃならないのね。そもそも私が神社を継いで神主になるのはまだずっと先なんだから、その前に圭吾くんと一緒に働かなきゃ生きていけないいんだから」

　清澄さんはまだ五十代。六十代七十代と、神職を続けていらっしゃる方はたくさんいるでしょうからね。

　それにしても早稲ちゃん。前から思っていましたけど、本当にしっかりした考え方をする女の子です。新しい時代は早稲ちゃんのような女性が切り開いていくのかもしれませんね。

「で、早稲ちゃん。それはそれとして、結婚式は神前よね、当然」

もちろん、ってにっこり笑います。

「それは、そうなんだけど。たぶん昔ながらの方法でやると思うな」

「昔ながら？」

「神社とかお寺に関係なく、この辺りではね。花嫁さんと花婿さんがそれぞれ衣裳《いしょう》を着て、互いの家を行き来するっていう風習があるの。つまり、花婿さんが花嫁を迎えに行って、そして二人で一緒に花婿の家まで歩いて行くのね。しかもぞろぞろとそれぞれの親族や友人で華やかな行列を作って、歌を唄《うた》いながら」

まぁ、そんな風習が。

「素敵ね」

早稲ちゃんが頷きながらも顔を顰めました。

「見ている分には素敵だし、私も小さい頃に一度見ていいなぁ、って思っていたんだけど、でもね、花さん。考えてみて」

「何を？」

「うちの神社の階段は？」

「あ」

そうでした。〈雉子宮神社〉への階段は八十三段もあります。

「それで、〈雉子宮山小屋〉へは砂利の山道でしょ。白無垢《しろむく》を着てその道程をずっと歩くことを考えたら、気が遠くなってくるんですけど」

「それは、大変だわ」

でも早稲ちゃんは普段からその八十三段の階段を行ったり来たりしていますから鍛えられていますよね。私は、ごくたまにしか神社まで出向かないので、もうちょっと辛いんですけど。

「まぁそれも大変なんですけどね」

早稲ちゃんが溜息をつきます。

「どうしたの？」

「五月伯母さんの問題が」

「あぁ」

清澄さんのお姉さん、早稲ちゃんの伯母にあたる五月さん。東京で独り身で働いていたのですが、定年退職がきっかけなのか、故郷である雉子宮に帰ってきたんですよね。

でも、どういうわけなのか、家を借りて一人で住んで、しかもそこで口寄せをやっているのです。

東北の方のイタコと同じようなものです。亡くなられた方の魂を呼び寄せて自分に憑依させて、その人の言葉を喋り家族と会話するのです。

まったく、神社に生まれた娘とは相容《あいい》れないことをしているんです。

「妹さん、睦子さんはどうなの。会っているの？」

「会っているけれど、そもそも仲が悪いから会えば喧嘩になるんだって。しかも霊能力者でしょ？　お姉さんはうちの神社を潰す気なのかって」

溜息をつきます。当然、そういう話になりますよね。

「早稲ちゃんはどうなの。同じ神社に生まれた娘として、その五月さんの口寄せって」

顔を顰めました。

「正直、うさんくさいんですけど、あるんですよね」

「というのは？」

「私は普通の人間で、特別な能力なんてないです。神事というのは決まり事なんです。正直な話、何をするにしてもきちんと決まったやり方があって、その通りにすることで誰でも祈禱はできるんです」

「確かに、そうかもね」

「でも、私たち神職はそこに心を込めるんです。心に神を描いて神に祈るんです。神は御座して私たちは心を込めて祈るんです。その、心を込めるというところを、特別なものと捉《とら》えるなら、五月伯母さんのやっていることは、全面的に否定はできないんですよね。人の魂というものが本当にあるかどうかは別にして」

確かに、そういうふうに言われればそうです。神社にしろお寺にしろ、つまるところ宗教というのは祈りの形ですからね。その形がどのように伝わるのか。

「評判も何だかいいのよね？」

「そうみたいです。半分占い師みたいにもなってきて、もちろん、五月伯母さんのことで結婚できなくなるっていうのは全然ないんですけど、どうするんだって、お父さんも周りから言われていて」

清澄さんも本当に困っていましたね。

「どうして帰ってきてわざわざそんなことをしてるのか、本当にわからないんですよね」

何とかしたいんだけどなぁ、と、早稲ちゃん本当に困っているみたいですね。私にできることがあればしてあげたいんですけど。


夜になっても暑さは続いています。

何せ広い家なので、暗くなる前に蚊遣り豚をあちこちに置いて蚊取線香を焚《た》いていますけど、犬のミルはこれが初めての夏で、初めての蚊取線香だったんですね。さかんに鼻をひくひくさせて、これは一体なんだろうと興味津々《しんしん》でしたけど、ようやく慣れたようでもう近寄りもしません。

晩ご飯が済むと、周平さんがお風呂に入ります。その後に私が入って、夜の九時を回った頃にようやく二人でのんびりと過ごす時間が訪れます。

テレビの映りが悪いこともあって、ほとんど観なくなりましたが、NHKだけはしっかりと映りますから、ニュースを確認するためにも観ています。

電話が鳴りました。夜の電話は大抵が何か起こったということです。周平さんが表情を引き締めて受話器を取ります。

「はい、雉子宮駐在所。うん？　あぁ、康一か？」

康一さんですか。夜にどうしたんでしょう。

「え？　飲みにって、行けるわけないだろう。なに？　喧嘩？」

喧嘩ですか。どこかで飲んでいて誰かと喧嘩したんでしょうか。

「うん、うん、なるほどわかった。田辺さんだな？　川音川の向こうの果物農家の、あの兄弟のところの兄の方か」

田辺さん。ご兄弟で果物農家をやっているところですね。私は直接は知りませんが、周平さんが以前に話していたのを覚えています。

「いい判断だ。迎えに行くからそのままそこで待っていろ。うん、田平の親不孝通りだな？　わかったすぐに行く」

受話器を置きました。

「田辺さんが喧嘩をしたの？」

周平さんが壁に掛かっている作業着を取りました。

「そうらしい。たまたま康一も夫婦で飲んでいたんだけど、喧嘩を始めた相手が悪かったらしい。とにかく迎えに行ってくる」

「制服は？」

「管轄が違うからややこしいことにならないように私服で行く。その方がいいんだ。詳しくは帰ってから」

「気をつけてね」

ミルや猫たちが見送ります。ジープのエンジン音が響いて、テールライトが県道を走って遠ざかっていきます。田平の繁華街まで行って帰ってくるなら、車で往復一時間。何事もなければ一時間半もあれば戻ってこられるでしょうか。


一時間半も掛かりませんでした。そんなことを考えると怒られるでしょうけれど、かなり飛ばしたんじゃないでしょうか、周平さん。ジープは警察車両なのでサイレンと赤色灯は付いているのですけど、まさか回して走ったわけでもないと思います。

ジープが駐在所の前に停まると同時に玄関から出ると、ジープの後ろから康一さんが男の人を抱きかかえるように降りてきました。

きっと田辺さんですね。兄の方、と言っていたので田辺篤《あつし》さんでしょう。弟さんは確か淳《じゅん》さんです。

女性が二人です。助手席から降りてきたのは康一さんの奥さんの良美さんですけど、後ろから降りてこられた方は明らかに服装が違います。

ホステスさんでしょうか。

「花さん、すみませんね夜分に。お邪魔しますよ」

「こんばんは。ごめんなさい、花さん」

康一さんと良美さんが頭を下げながら、そして田辺篤さんを抱えるようにして歩いて入っていきます。

「花さん、こいつはもう駄目なんで、二階に布団敷いてくれませんかね。朝になってから旦那に説教してもらうんで」

「わかったわ」

「手伝います」

事務室の隣の座敷にとりあえず下ろされた田辺篤さんは、そのまま寝ています。

「大丈夫ですよね？　こいつ」

「酔っぱらっているだけ？　何か危害を加えられたの？」

「いや、大した怪我はしてないと思うんですけどね。ちょいと殴られたぐらいで」

呼吸の様子を見ます。心音も確認します。確かに頬《ほお》に少し打ち付けたような赤みが見えますけど、大したことはないでしょう。口内も切っていないようです。

「どれぐらい飲んでいるかわかりますか？」

まだ名前も聞いていないホステスさんに向かって訊いてみました。一緒に飲んでいたんですよね、きっと。

「あ、と、いや、篤ちゃんこれで意外と弱いのよ。ビールを三本ぐらいと、水割り二杯ぐらいだと思うけど」

「いつも寝てしまいますか？」

「そうね、わりとそう」

呼吸は安定していますし、顔色も悪くありません。脈拍もこんなものでしょう。

「大丈夫じゃないかな。単に酔いが回って寝ているだけだと思います。お腹とか殴られていないでしょうね」

バサッとシャツを剝《は》いで触診してみましたが、どこにも打ち身の跡はありません。きれいなものです。意外と鍛えられているのはさすが農家の男性でしょうか。

「花さんは医者だよ。心配しなくていい」

周平さんがホステスさんに言いました。

「あ、ごめんなさい。つい乱暴に」

頭が医師の方に切り替わると、男性の裸を見たり触ったりすることを何とも思わなくなります。

田辺篤さんを二階に寝かせて、周平さんは田辺さんの家に電話を入れました。事情を話して、今夜は駐在所に泊まってもらって一応話を聞いてから明日帰すので心配しなくていいと。

ホステスさんは、マリナさんというお名前でした。もちろん源氏名《げんじな》で本名は内緒だとか。田辺篤さんと一緒に飲んでいたのだけど、そのままついてきてしまったと。なので、今夜はここで泊まって明日田平に帰るそうです。

麦茶を皆に出しました。居間で座って話をします。

「月に一度の贅沢《ぜいたく》で田平で旨いもの食ってその後に飲みに行ったんですよ。親不孝通りにね」

康一さんが言います。都会育ちの二人です。本当に真面目に農業をやっていますけど、たまに息抜きしないと自分たちは駄目だというのをわかっていて、そして息抜きの仕方も心得ていて、いつもそうしていますよね。

「そうしたら、入った先の飲み屋でね、篤がまぁ酔っぱらって騒いで人に絡んでいるんですよ。しかもそれがコレもんの女でね」

「コレもん」

康一さんが自分の頬を人差し指で一筋撫でました。ヤクザ者ってことですね。

「田平にもそういう方々がいるのね」

「そりゃいますよ。あいつらは松宮の方を仕切ってますし、盛り場があるところにはどこにでもいます。しかもあの辺の奴らは地場もんを取って食うんでね。こりゃヤバいなってんで無理やりこいつを引っぺがして、旦那に電話したんです」

「地場もん？　って？」

「土地を狙う連中のことだね」

周平さんが言います。

「ヤクザたちの金儲《かねもう》けのひとつなんだよ。土地を持ってる人間を脅してその土地を手に入れようっていう連中だ。借金作らせて担保にとったり権利書を誤魔化したりね」

顔を顰めました。

「田舎ではよくあるよね。それで土地を取られて農家をやっていけなくなる人もいる」

「そうなんですよ。狙われちゃあ、こんな酒癖の悪い奴なんてイチコロですよ。まぁほとんど付き合いのねぇ奴だけど、同じ雉子宮ですからね。ヤクザもんが入ってこられても困るしで」

そういうことだったんですか。

「向こうの警察を呼んだら留置場に放り込まれて調書取られて、下手したら名前も何もかもヤクザもんに知られますからね。そうなる前に旦那を呼んだんですよ」

「え、そうなの？」

警察に調べられてヤクザに全部知られるって。

周平さんを見ると、顔を顰めました。

「とんでもない話だけど、聞いたことはある。警察とヤクザの癒着《ゆちゃく》だね。ある面では便利なところもあるんだ。それこそ、江戸時代の岡っ引きの話じゃないけれど、あの頃の奉行所の下っ端《したっぱ》で使われていたいわゆる捜査員はほとんどがスネに傷持つ、まぁいわゆるヤクザ者だよ。そういう人たちじゃないと睨みを利かせられないし、市井《しせい》の人たちの中に入り込んで調べることもできなかったんだ」

「よく刑事ドラマで、刑事さんが情報屋とかあぶない人たちを使っているけど、そういうこと？」

そういうこと、と、周平さんが頷きます。

「周平さんにも、横浜時代はそういう人たちの知り合いはいたの」

「いたよ」

事も無げに言います。

「毒を以《もっ》て毒を制する、っていう側面は犯罪捜査には確かにあるんだ。だからと言ってヤクザとツルんで金儲けしようなんていうのは、明らかに犯罪で許せないものだけどね」

「そうですよ。そんなの」

「いやいや、花さん」

康一さんが、苦笑いしながら私に向かって手を広げました。

「旦那には関係のないことですよ。田平の警察と旦那は関係ないし、そこんところに旦那が突っ込んでいったら、花さん。旦那は二度とここで駐在なんかできなくなるかもですよ。あくまでも、そういう話になったら困るからってんで俺の判断で旦那を呼んだんですから」

そうですね。マリナさんが、小さく溜息をつきました。周平さんが、少し笑みを見せます。

「あなたは？　田辺さんとは付き合いが長いんですか？」

「長いって言うほどのものじゃないけど、まぁ四、五年になるかしらね」
四、五年と言えばそこそこ長いですよね。
「馴染みのお店の方？」

そうね、と、頷きました。

「そもそもは、あたしの舞台を観に来てたお客さんよ、篤さんは」

「舞台？」

マリナさん、ちょっと恥ずかしそうに、でも雰囲気のある笑みを見せます。

「あたしは、劇団員だったのよ。今でもまぁ一応そうだけど、食えないからホステスもやってて」

なるほど。舞台というのは演劇だったんですね。

「篤ちゃん、こんな顔して演劇とか好きなのよ。高校時代は演劇部だったって言ってた」

「へぇ、あいつがね」

「それで、あなたのお店に」

頷きます。

「いいお客さんだけど、あの通り弱いくせに酒癖が悪くてね。まぁ困ってるっちゃあ困ってんだけど」

でも本気で困っていたら、一緒になんて来ませんよね。ただのお客さんとホステスさんじゃないような気もするんですけれど。

でも、思い出しました。

田辺篤さんは奥さんがいらっしゃいますよね。もちろん奥さんがいらっしゃっても飲みに行ったりホステスさんと仲良くしたりするのは、まぁ何事もなければ問題はないとは思うのですけど。

今、この状況を奥様が知ったらきっと怒りますよね。泣き出す方もいらっしゃるかもしれません。

　また電話が鳴りました。夜中の電話なので皆がちょっとびっくりして身体を動かし、周平さんが事務所に行ってすぐに電話を取りました。

「はい、雉子宮駐在所」

　一旦間が空きます。

「喧嘩ですか。はい、え？　品川さん。品川さんというと神社の品川五月さんですか。わかりました。すぐに行きます」

「どうしたの？　五月さんって」

　周平さんが制服のワイシャツを取ってすぐに着替え、装備を取り付け始めました。

「喧嘩するような声が聞こえてきて、怪我をしてるらしい。中瀬川向こうの品川五月さんの家だ。花さんも一緒に来て」

「わかった」

　救急セットを持ち出します。

「康一、悪いけれど」

「了解。留守番しておくよ。遅くなるようだったら俺らも今日ここに泊まるから。布団とかはやっとく」

　康一さんと良美さんはしばらくここの二階で暮らしたこともありますから、勝手知ったるです。助かります。

「行こう」

周平さんと一緒にジープに乗り込みます。

五月さんの家は、中瀬川向こう、なんと橋《ばし》という小さな橋を渡ってぐるりと回ったところの一軒家でした。元々は農家だった家ですけど、周りの畑はほとんど売り払って、家と小さな庭程度の畑がありました。

通報してきたのは隣に住んでいる人でした。私と周平さんが着くと家の中にはお一人だけで、どうやらこの方が五月さんのようです。

顔を見た瞬間に、すぐにわかりました。清澄さんとよく似ています。睦子さんも清澄さんに似ているので、姉弟皆がよく似ているのですね。

「大丈夫ですか？」

「ごめんなさいね、隣の人が通報しちゃって。大したことはないわ」

居間も荒れている様子はありません。でも、五月さんはタオルを頬に当てています。

「ちょっと平手打ちを食らっただけ。そして椅子を倒しちゃって騒いだから隣に聞こえちゃったのよ。窓も開いていたし。大したことはないわ」

「見せてください。私は医者です」

こくん、と頷きます。

「駐在所の花さんでしょう。清澄から聞いてるわ。ごめんなさいね、本当に」

診《み》てみましたが、確かに大した怪我ではありません。口の中を少し切ったようですが、それも大丈夫でしょう。

ただ、どうでしょう。

「頭とかは打ってませんか？」

訊いてみました。

「打ってないわ。平気よ」

「何か、殴られたこととは関係なく持病のようなものはありますか？」

五月さん、少し考えました。私をじっと見ます。

「この年になるとあちこちガタが来るものよ。お医者さんならわかるでしょう？」

それは確かにそうですが。

「あのね、蓑島さんだったわよね？　周平さん」

「そうです。巡査の蓑島周平です。清澄さんにはいつもお世話になっています」

「こちらこそよ。あのね、調書とか取らないで。ちょっと、お客が怒っただけよ」

周平さんが顔をほんの少し顰めました。

「お客さんというのは、お知り合いですか？」

「知り合いよ。近所の人だから、事を荒立てたくないの。向こうも謝って帰っていったから。怪我もないし平気でしょ？」

「事情だけお聞かせください。どうやらお怪我もないようですし、ご近所のトラブルで何ともないというのなら、警察が介入することもありませんので」

周平さんが私を見るので頷きました。

「大丈夫ですよ。大きな怪我はないです」

平手打ちの打撲は放っておいても平気でしょう。ただ、何か持病はあるかもしれません。血色はいいのですがどこか気になります。

「では、本当に事情だけ。それで僕らは帰ります。清澄さんのお姉さんの品川五月さんですね」

「そう、六十一歳よ」

「お客さんとトラブルというのは、何でしょう」

「聞いてるでしょう？　私は口寄せをやっているの。亡くなった方の魂を呼んで話をしてもらうのよ。それで、今夜は近所の人に頼まれてやったんだけど、そのときにまぁ本当のことを言ったら怒り出しちゃってね」

なるほど、と、周平さんは一応メモを取っているようです。

「お客さんというからには、品川さんはご商売でそれを？　料金を取っているということでいいでしょうか」

「といっても、お気持ちよ。料金体系なんかないわ。いくらでもいいからお気持ちだけ包んでくださいって。ほら、怒った人もちゃんとお気持ちは置いていったわ。トラブルってことにならないでしょう？」

　五月さんが指差したテーブルの上には半紙できれいに折り畳んで包んだものがありました。おそらくはお札でしょう。

「わかりました。差し支えなければ、今夜のお客さんは何故怒ったのでしょう？　本当のことというのは？」

　あぁ、と、五月さん、苦笑いします。

「まぁある女性のね、亡くなった旦那を呼んだのよ。生前に浮気していたのね。それを確かめたら浮気相手がその女性の妹だったのよ」

　うわ、という感じで周平さんが少し眼を大きくさせました。私もです。そんなことを、幽霊、いえ亡くなられた方の魂ですね。それに訊けるんですか。そして答えてしまうんですか。

「そうしたらまぁ、出鱈目《でたらめ》を言うな！　って怒り出しちゃってね。こっちは旦那さんの魂に喋らせているだけなのにね」

「ひょっとしたら五月さんは、その女性の方の妹さんなんて、知らなかったんですか？

いることも名前も。そして名前までも告げたんですね？」

周平さんが訊きます。

「もちろんよ」

五月さん、大きく頷きました。

「知るわけないじゃない、そんな赤の他人の事情を。喋ったのは旦那さんの魂なんだからね。それを向こうもわかっていたから、思わずカッと来ちゃったんでしょう。まぁよくあることよ」

五月さんが知らないことを、魂に喋らせる。

それは、五月さんのその口寄せが本物だってことを示しているのでしょうか。

「事情は、わかりました。それじゃあ今日のところは、気をつけてくださいね、ということで帰ってもいいんですが」

周平さんが、警察手帳をしまいました。

「良い機会というのはちょっと語弊がありますけれど、ここからは、駐在所の警察官ではなく、弟さんである清澄さんに、そして姪っ子《めいこ》の早稲さんにも本当にお世話になっている新参者として、一個人としてお話ししたいんですが」

あら、と、五月さんが少し笑みを見せました。

「何でしょう周平さん。私もね、駐在所にちゃんとご挨拶しに行こうかなってずっと思っていたの。早稲なんかもう花さんが大好きよね。周平さんもいい男だってすごい評判だし」

「ありがとうございます」

私も早稲ちゃんが大好きです。本当の妹のように思っています。

「五月さん、その口寄せですか。霊能力と言えばいいんでしょうかね。こちらに帰ってきてからそういうことを始めたのですよね？」

「そうね」

「何故なんでしょう？」

周平さんが、真剣な顔をして訊きます。

「何故って？」

「五月さんは以前こちらに住んでいた頃には一切そんなことしていなかった、と伺っています。東京でお仕事されているときもです。それなのに、何故定年を迎えて故郷に戻ってきてから、なんでしょうか。そういう能力がもしもあるのなら、今まで隠し続けてきたのに随分突然ですね。そこに何か、誰も知らない深い理由があるように僕は思ったんですが」

五月さんが、まるで初めて周平さんを見つけたような表情で、じっと見つめました。

「何か訊いたの？　清澄に」

「一切そんなことはしてなかった。知らなかった、ということだけです。五月さんはとても優秀で、東京に行って大学も出て一流企業で仕事をして、凄い姉だよ、と」

そう、と、五月さん一度眼を伏せました。それから頬にあてていたタオルを外し、天井を見上げます。

何かを決めたように、大きく頷きました。

「明日、駐在所にお伺いしていいかしら？」

「もちろん、いいですよ」

「じゃあ、明日。話を聞いてくださる？　花さんも一緒に」

それは全然構いません。そう言うと、壁に掛かったカレンダーを確認しました。

「それじゃあね、ええっと、夕方四時ぐらいに伺うわ」


翌日の朝です。

田辺篤さんは、目覚めて駐在所にいるとわかると慌てていました。しかもホステスのマリナさんも一緒でしたからね。事情を話すと恐縮していました。

弟の淳さんが車で迎えに来てくれましたが、あまり似ていないご兄弟でしたね。お兄さんはわりといかつい感じなのですが、弟さんはとても優しそうな感じでした。

マリナさんはバスで田平に帰っていったのですが、陽の光の下でお化粧を落とした顔を見ると明るい笑顔がチャーミングで、性格も明るくとても好感の持てる人でした。きっとホステスさんとしても人気があるんだと思います。

康一さんと良美さんとは朝ご飯を一緒に食べました。作っている野菜をいつも貰っていますから、たまにはお返ししなきゃ、です。

「康一さ」

「ほい」

周平さんが目玉焼きを食べながら言います。

「子供の頃、ここにいたよね」

「いたぜ」

「神社にはよく行っていたか？」

あぁ、と康一さん、パンを頬張りながら頷きます。

「なにかっつうと行ってたな。お祭りとかもあったし、あそこは安全だし、子供のいい遊び場だったからな」

「清澄さんの家族について、何か覚えていることはないかな。清澄さんのお父さんとかお母さんとか、あるいはその他の家族」

「家族？」

さてな、と少し考えます。

「何せもう二十年以上も前のことだからな。俺がいた頃は、清澄さんは確か結婚して跡を継いだばっかりだったな。あぁ神主さん、清澄さんの親父さんもおふくろさんもいたし、巫女やってる睦子さんもいたよ」

「五月さんは？」

「あの帰ってきたっていう五月さんもいたのは知ってたけど、あの頃にはもう東京とか行ってたんじゃねぇかな。会った覚えはないから。あ、それと、亡くなった跡継ぎか」

「跡継ぎ？」

「亡くなった？」

思わず周平さんと一緒に声を出してしまいました。康一さんは、あぁ、と続けます。

「知らなかったか。俺も聞いて覚えていただけっつうか、今、自分で覚えてたのにびっくりしたぜ。よく知らないけど、五月さんの上にもう一人いたんだってよ。清澄さんの兄貴だな。名前は何て言ったかなー。それはさすがに思い出せないな」

「お兄さんがいたのか」

そうそう、と康一さん頷きます。

「相当昔の話だからな。村長さんか、あるいは清澄さんの幼馴染みの〈長瀬寺〉の昭憲さんなら知ってるんじゃないか？」

そうだな、と、周平さん大きく頷きました。

周平さんが、朝のパトロールから帰ってきました。

「お疲れ様」

「うん、花さん。ちょっとついでに〈長瀬寺〉に寄って昭憲さんに会ってきたんだ」

「昭憲さんに」

さっきも話していましたね。

「あの、亡くなられたご家族のことを？」

「そう。それでさ、確かめたいことがあるから、清澄さんに話を聞きたいんだけど、申し訳ないけど三時ぐらいに駐在所に来てくれないかって、花さん、神社に行って頼んできてくれないかな」

「それはいいけど、三時って、五月さんは四時ぐらいに来るって言ってたけどいいの？」

何か大事そうな話をするみたいでしたけど、周平さんはうん、って頷きます。

「だからだよ。ひょっとしたら、って思い当たったことがあってね」

「何を？」

「五月さんがどうしてあんなことを始めたのか。そして早稲ちゃんが何の心配もなく結婚できるようにするにはどうしたらいいかもね。でもそれは言わないでおいて」

「わかったわ」

どうするのかは、何となくわかりましたけれど、周平さんは午後三時に来てくれた清澄さんを、図書室に使っている部屋の奥、普段使っていない床の間のある座敷にお通しました。

＊

「ここに入るのは久しぶりだよ」

清澄さんが微笑みます。これまた普段は使っていないお客様用の座布団を出して、お茶をお出しします。きちんとした方がいいから、という周平さんの指示です。

「さて、こんな改まって聞きたい話とは、なんかね」

「はい」

周平さんも座布団の上に正座しています。

「お兄さんのことです」

清澄さんの眼が大きく見開かれました。

「兄、と？」

「はい。清澄さんには実はお兄さんがいたと聞きました。そのお話を伺おうと思ったんです。おそらくは、僕のような何の関係もない赤の他人には、話したくもない思い出したくもないことだと思いますが」

　少し唇を曲げて、清澄さんは周平さんを見つめます。

「まぁ、強いて他人に話そうとは思わんが、別に秘密にしておるわけでもないし。そういえば話しておらんかったか」

「そうですね。僕らの生活には、ほとんど関係のない過去のことですから、話題にものぼらなかったのかと」

「確かにの」

　ひとつ息を吐きます。

「訊きたい、とわざわざ言ってきたのは、そのことが何かしら事件めいたことにかかわってくるのかね。まったく想像もつかんが」

「そうですね。とりあえず事情を訊いておきたい、と、警察官が言ってきたと思ってください」

　なるほど、と、清澄さんが言って眼を一度閉じて、それから開けました。

　周平さんと私を見ます。

「これはもう年寄りしか知らんことになってしまったがな、確かに私ら、五月と私と睦子は三人姉弟ではない。四人兄弟じゃった。私の上、いや五月の上に、兄がいてな。名を光《こう》輝《き》と言った」

「こうきさん」

「そう、光り輝くと書いて、長男が光輝、長女が五月、それに私が次男で、睦子が次女。そういう順番じゃてな」

「清澄さんは次男だったんですね」

そうなんだよ、と、小さく顎を動かします。

「兄の光輝はね、それこそ名の通りに光り輝くような男でな。頭もいい、見目もいい。そしてもちろん神社の跡継ぎとしての資質も備えておったよ。私は、兄に憧《あこが》れていた。兄のようになりたいと思うとったよ」

「素晴らしい人だったんですね」

「まったく」

清澄さんが、ほんの少し笑みを浮かべました。

「兄は、光輝は生きておったら六十いくつかな。私より八つも上じゃったから六十六か。姉の五月は三つ上だから六十一になったか。私が五十八で、睦子が五十七。まぁ皆年を取ったな。年寄りばかりだ」

「光輝さんは、まだお若いときにお亡くなりになったんですね？　もうここのお年寄りしか知らないような昔に」

周平さんが訊くと、清澄さんは頷きました。

「何年前になるか。こうっと、五十年も前か。半世紀も前になっちまったの」

「五十年」

思わず呟いてしまいました。

私も周平さんも、影も形もない頃です。

「まだ昭和でもなかったの」

「大正、ですか」

「そうな。大正十五年の秋だな。その年の十二月に昭和が始まったので、よっく覚えておるよ」

大正十五年。でも、そう言われれば、私の父も母も清澄さんと年齢はそんなに変わりません。父も母も大正生まれです。

私は昭和十九年、戦争中に生まれましたが、周平さんは昭和二十一年の戦後生まれです。世の中のことがわかるようになったときには戦争の影も薄れてきていて、そういうものをほとんど知らずに育ってきた世代にとっては、大正というのは遠い昔です。

「兄の光輝は十七、五月は十二、私は九歳で、睦子が八歳の秋だ。そう、大正の最後の秋の日な」

清澄さんは悲しそうな、苦しそうな、何とも言えない表情を浮かべました。

「まださまざと覚えとるよ。神社の裏から山に登っての。そこら辺りはもう庭みたいなもんで遊び場だった。秋でな。台風が過ぎたばかりの頃で、何日も遊びに出られなくてな。ようやく晴れた日でな」

思い出すように、清澄さんは少し眼を閉じました。

「当時は神社の裏道から山向こうに道が続いていてな。わかるかな？　神社の社《やしろ》の裏にある道だ」

「わかります。今は通じていませんよね」

「そうな。獣道がかろうじてあるぐらいだから、誰も使わん。そこを通って向こう側の集落へ抜けていた。光輝と五月が荷物のお使いを頼まれて山向こうにある知人の家へ行くのに、私が勝手についていったんだ。そこに行けばおやつが貰えると思うとった。兄貴と姉貴ばっかりずるいとな。光輝は笑いながらじゃあ一緒に行こうと、山道を歩いていた。睦子はおらんかった。よくは覚えていないが、たぶん家で留守番しとったか、誰か友達と遊んでいたんだろう」

だから、と、一度言葉を切りました。

「睦子は、そのときのことを何も知らんのだ。ただ、事故が起こって光輝が死んでしまったということだけで」

事故が、起きたのですね。

清澄さんは唇を一度引き締めました。

「私のせいだったんだよ」

私のせいだ、と、清澄さんが辛そうに繰り返しました。

「光輝と五月はお使いの荷物を持っとった。中身がなんだったのかは覚えとらん。こう、両手で抱えるぐらいの風呂敷包みじゃったよ。私は一人で何も持たずに遊びながら歩いとった。道を外れて山の斜面を登ったり、木にぶら下がったりして五月に怒られていた。言うこと聞かないで遊ぶんなら帰れ、とな」

まだやんちゃな清澄さんの子供の姿が、眼に浮かぶようです。

「私の、せいだったんだよ」

苦しそうに、清澄さんが言います。

「そこの山道の斜面がな、台風と雨で崩れそうにはなっていたんだろう。道路脇の上に伸びていた枝に私が遊んで飛び移ったときに、その木が、根元からめきめきと音を立てて斜面ごと崩れ落ちてきたんだよ」

「崩落、ですか」

「そうじゃな。そのまま私が土に飲み込まれそうなところを、たぶん光輝は私の行動を後ろから見ていて、本当に直前に危ないとわかったんだろうな。勢いよく飛び込んできて私を突き飛ばし、光輝自身が崩れ落ちてきた斜面の土に飲み込まれてな」

思わず顔を顰めてしまいました。崩れ落ちた土に。

「連鎖反応、というものだろうな。そこからあっという間に大量の木や草や土が斜面をなだれ落ちてきて、山道を塞ぐように積もってしまったんだよ」

声も出ません。周平さんも私も、ただ小さく頷くだけでした。

「もしもな、その場にいたのが大人の男で、まぁ四、五人もいれば、木の枝や何かで懸命になって掘れば何とかなったかもしれん。だが、そこにいたのは九歳の私と十二歳の女の子五月だ。しかも、道のこっちとあっちに分かれてしまっていた。五月も私も叫んだよ。兄貴の名をの。しかし返事は返ってこん。咄嗟に私は、走った。山向こうまで走って、大人を呼んでこようと思うた。背中で五月が叫んでいた。私の名や、光輝の名をな。どんだけ走ったか覚えとらん。今も思い出せん。気づいたら誰かの家で寝かされていた」

「辿り着いたんですね？　山向こうの知り合いの家まで」

「そうじゃな。そして助けに走ってくれた人がいた。後から聞いたが、五月も自分一人ではどうにもならんと、神社まで走って戻った。それでも、無理じゃった」

大きく、溜息をつきます。

「土ん中で、死んでおったそうだ。窒息死だったろうな」

清澄さんの眼に涙が浮かんでいます。今にも零《こぼ》れ落《お》ちそうになったそれを、拭《ぬぐ》って続けました。

「私が家に戻ったときには、もうきれいにされて座敷で寝かされておったよ。眠っているみたいでな。死んだと聞かされたが嘘だと思った。何が何だかわからずに、泣きじゃくったよ。僕のせいで死んだとな。僕を恨んで死んだとな。原因は自分でわかっておったからな。私が言うことも聞かずに遊んだからだと。ちゃんとしっかり歩いていれば、こんなことにはならんかったと」

涙声です。自分で自分を落ち着かせるように、小さく息を吐きました。

「走ったときにな。声が聞こえたような気がしたんよ。今でも耳の奥に残っとる気がする。清澄、と私を呼んだ光輝の声がな。こう、背中の方からな。あのときの自分の感情を、はっきり覚えとる。恐くて、恐ろしくて、助けを呼ぼうという気持ちはもちろんあったが、それ以上に恐かったんよな。埋まってしまったということが。私を土の中で呼ぶ兄の声がな」

本当に、言葉も出ません。

「清澄さんじゃなくても、九歳の子供なら誰でも恐ろしかったでしょう。僕でもきっと泣きながらその場から逃げ出したと思います」

清澄さんは、小さく頷きました。

「今ならそう思えるがな。けれども、あの思いは消えん。兄のな、あの声もな。ずっとずっと死ぬまでな」

頭を小さく横に振りました。周平さんを、見ます。

「これが、私の兄の話だ。葬式に出し、時が経ち、残った私が跡取りになって神主になった。姉の五月とはあの日以来、滅多に口をきかなくなった。睦子もまた取り残されていた自分だけが淋しいとずっと思っていた。まだ現場におらんかった睦子は私を残された兄と慕ってはくれたが、五月はな」

溜息をつきました。

「もう一生ここには帰ってこないものと思うとったが、いや帰ってきた分には嬉しいんだがな。どうしてまたあんなものを始めたんだかな」

「それなんですが」

周平さんが言います。

「その理由が、僕にはわかったような気がします」

「わかった、と？」

「はい」

清澄さんが、眼を大きくさせて周平さんを見ます。

「なんかね。どんな理由なんかね」

「ご自分の耳で確かめられた方がいいと思います」

「私の耳？」

「騙《だま》し討ちみたいな形になってすみませんけれど、実は五月さんがもうすぐここにやってきます。何か、僕たちと話がしたいと言ってきたんです。昨夜のことなんですよ」

周平さんが昨夜、五月さんがお客様に殴られて、通報があって駆けつけたことを話しました。

「なんと。あ」

そうか、と清澄さんが手を打ちました。

「事件めいたこと、とはそれか。関係者への事情聴取みたいなものとはそのことかいな」

「そういうことです」

周平さんが、隣の部屋を指差して言います。

「五月さんにももちろん、清澄さんが来ていることは教えていません。隣の図書室で話を聞きますので、どうかここで黙って聞いていてくれませんか」


すぐに五月さんがやってきました。まだ四時前の三時四十分ぐらいでしたので、本当に清澄さんの話を聞いたすぐ後でした。あの年齢のご婦人は約束の時間より随分早く来るものなんだよ、と周平さんは言っていたのですが、その通りでしたね。

事務室の隣の図書室にお通ししました。もちろん、隣に弟さんの清澄さんがいることを、五月さんは知りません。

本当にこんなことをしていいのかと心配になりますけど、周平さんには確信があるのでしょう。きっと大丈夫だと言います。

「ごめんなさいね、お仕事中にね」

「いいえ、大丈夫です。皆さんの話を聞くことも、駐在の仕事ですから」

そうなのね、と五月さん頷きます。

「懐かしいわ。ここは昔とまったく変わっていないから」

「五月さんも、よく来られましたか」

「昔は図書室なんかにはなっていなかったけどね。この駐在所の建物は昔からあったし、広かったからね。子供たちの集会所みたいに使われていたわ。そうそう、大雨が降ったときなんかには避難所にもなっていたわね」

その話は聞いていました。

「それでね、お巡りさん。あ、蓑島さんね」

「はい」

「話をする前にね。私の口寄せを経験してほしいのよ」

「口寄せ」

「そう」

「僕の、ですか？」

「そうよ。蓑島周平さんの、誰か近いお身内で亡くなった方はお一人ぐらいいるでしょう？　身内じゃなくてもいいのよ。親しいご友人とか、あるいは恩師である先生とかでも」

「それは」

周平さんが、私を見ました。

「いることは、いますね」

「どなたです？」

「父です」

「お父様ね」

うん、と、五月さんは頷きます。

「じゃあ、お父様を呼び出してみましょうか。どうかしら、それで、私のこの力を信用できるでしょう。お亡くなりになったのはいつですか？」

話の成り行きとはいえ、周平さんはそういうものは全然信じていないとは思うのですが。

でも、なるほど、と、周平さんは頷きました。

「話をするために、まずはそこを僕が確かめなきゃ進められないんですね」

「そういうことなの。まぁ騙《だま》されたと思って、もちろん騙しやしないわよ、お巡りさんを。ましてや、清澄が可愛がっているお巡りさんだもの。言ってたわ、清澄。この間会ったときに。今度の駐在さんは、若いけど本当にいいお巡りさんなんだって。村のこともいつも真剣に考えてくれているんだってね」

「あ、それは、ありがたいですね」

ちょっとこそばゆいですね。その当人が隣にいるのに聞かされるのは。

「えーとですね。では、父ですね。死んだのは僕が九歳のときなので、二十二年前になりますか」

はいはい、と、五月さんは持ってきていた布袋からメモ帳を取り出して、書きつけます。

「二十二年前ね。何月何日かしら」

「八月十九日が命日です」

「わかりました。お父様のお名前は蓑島」

「蓑島晋一《しんいち》です。あの、今ここで始めるんですか？」

ぐるりと部屋を見渡してから周平さんが訊くと、そうよ？　と、五月さんが事も無げに言います。

「夜中に閉め切った真っ暗な部屋でやると思ってた？　そんなのじゃあ、誤魔化そうと思えばいくらでもできるじゃない。私は、昼間だろうが朝飯前だろうが、いつでもできるの」

そうは言っても、ここは駐在所の座敷。夏の陽射しはまだ強く思いっきり差し込んできます。じっとしていても暑いぐらいの夏の日です。

まぁでもお盆なので、ひょっとしたら周平さんのお父さんも帰ってきているかもしれないですけれど、帰ってきているなら周平さんのご実家の方にですよね。

「じゃあ、始めるわね。しばらくは静かにしていてちょうだい」

五月さんが、ふぅ、と深く息を吐き眼を閉じました。

その瞬間です。

私もそういうものには鈍感ですし、そもそも医師です。亡くなられた方々の魂が霊魂になってどこかにいる、などというのは医学的にも認められないものです。

でも、五月さんが意識を集中し始めたときに、周りの空気の色が変わったような気がしました。

何がどう、と説明できないのですけれど。

「蓑島周平さんのお父様、蓑島晋一さん。亡くなられたのは、ご病気ですね。心臓ですか。お気の毒でした」

驚きました。周平さんも少し眼を大きく見開きました。心臓発作で亡くなったなどとは一言も言っていません。一瞬、清澄さんか早稲ちゃんに話したかしら、とも思ったのですが、私は言っていません。

「お父様も警察官だったのですね。しかも同じ制服警官。交番に勤務されていたのですね。

あなたはお父様と同じ道に進んだ、と」

これもそうです。お父さんが警察官なんて教えていません。そこで、五月さんは首を傾げました。

「さて、これは困りましたね。お父様はあなたとお話しすることを望んでいません」

「望んでいない？」

思わず周平さんが訊いてから、あ、と、自分の口を押さえました。

こくん、と五月さん眼を閉じたまま頷きました。

「もう自由に話して大丈夫ですよ。そうなんです。お父様、蓑島晋一さんは、この場で話さなくてもいいと」

「え、どういうことでしょう」

思わず真剣に訊いていました。父親が息子と話したくないなんて。

五月さんは眼を閉じたまま、何度も頷いています。

「あぁ、なるほど。そうですか。話したくないのではなく、話す必要がない、と仰っていますね。お父様は、今の周平さんは立派な警察官であり、一人前の男であると。あの世の人間が顔を出してどうこう言わなくてもいい、というふうに考えられてますね」

なるほど、そういうことですか。

「お母様、お名前は、みつ、いえ、すみません、木綿子《ゆうこ》さんですね」

周平さんが一瞬難しい顔をして、それから頷きました。

「そうです」

「お母様も、今の周平さんの姿を見て、安心していらっしゃると。死んだ自分がしゃしゃりでるようなことはしなくていい、と仰っていますね」

結局お義父様は出てこない、ということですね。

「花さん」

「あ、はい」

「晋一様は、息子の嫁である花さんに会えなかったのだけは残念だと思ってましたが、今こうしてその姿を見られてとても嬉しいと」

「見えているんですか？」

「見えていますよ。私を通じてです。周平のことをよろしくお願いしますと、頭を下げられています」

「こちらこそ」

思わず頭を下げてしまいました。できることなら本当にお会いしたかったですけれど。

「周平さん」

「はい」

「元気でやれ、と。自分が信じる正義を貫け、と伝えてくれとお父様は仰っています。いつか、時が来たらこっちで会おうと」

そこで、五月さん眼を開けました。気のせいだとは思うんですけれど、またそこで空気が変わったような気がします。

ちょっとだけ、首を傾げました。

「残念ね。お父さんと話すことができれば、いろいろ信じてもらえたと思うんだけど、これじゃああんまり信用してもらえなかったかな」

びっくりはしましたけれど、でも、お父様の死因とか警察官であったことなどは、調べればわかることです。もちろんお母様の名前も。それこそ、ここに来るまでに調べる時間はあったのではないでしょうか。

どうしてそこまでするかは、わからないですけど、この類いのものは大体そんなふうに裏で調べているものだと聞きます。

周平さんは、こくん、と頷きました。

「確かに、僕に関する事柄は、事前に調べようと思えば調べられることばかりでしたね。でも、本当に驚いたことがひとつありました」

「え、何かあった?」

周平さん、小さく息を吐きました。

「五月さん、母の名前を、最初に、みつ、と言いかけて言い直しましたね。それはどうしてですか」

「え、お父さんの、晋一さんの最初の奥様の名前よね、光子《みつこ》って。ちょっと間違っちゃって、ごめんなさいね」

最初の奥様？

驚いて周平さんを見ました。

「そうなんだ。花さんにも言ってなかったと思うけど、実は、父は再婚だったんだよ」

「えっ」

再婚？　全然知りませんでした。

「最初の奥さんとは暮らしはじめて一ヶ月も経たないうちに死別したんだよ。しかも籍を入れる前だった。だから、戸籍上は再婚なんて書いていない。どこにも記録はない、父だけがわかっていた事実なんだ」

「そうだったの？」

「もちろん、僕もまったく知らない人だし、そのことも高校生ぐらいだったかな？　母親に聞かされたんだよ。その人の名前が、光子って言うんだ」

「ええっ！」

五月さん、みつ、と言い間違えましたよね。みつ、こ。ですか。五月さんも少し驚いていました。

「そうだったのね。そこまでは読み取れなかったわ。てっきり普通に死別して再婚したものだと理解していたわ」

「理解、できるんですね。五月さんは、その、魂みたいなものを」

「ざっくりとね。まぁ履歴書を読むみたいな感じよ。あぁでも良かった。信じてもらえたかしら？　私の口寄せが本物だってことを」

周平さんが微笑みました。

「五月さんが僕の母に電話して根掘り葉掘り聞けるはずもないですからね。聞いたとしても母はすぐに僕に電話してくるでしょう。だから、少なくとも僕は信じます。この世には不思議なこともあるんだってことを」

信じがたいことですけど、本当なんですね。

「それでね、蓑島さん」

「はい」

「信じてもらえたところで、それを清澄にも伝えてほしいのよ。きっとあなたの言うことなら清澄も素直な気持ちで聞いてくれると思うのよ。私には、死者と話す力があるんだってことを」

周平さんが小さく頷きます。

「ひょっとしたらなんですが、五月さん。どこか、身体の具合が悪いんでしょうか。間違っていたら申し訳ないんですが、重い病《やまい》にかかっているとか」

　五月さんが驚きました。

「どうしてわかったの」

「それしか、理由がないように思えたからです。故郷に帰ってきて、いきなり口寄せを始めた理由が」

　理由ですか。五月さんが、大きく頷きました。

「私は、肺癌《はいがん》なの」

　肺癌。

　それでしたか。昨日の夜に何か持病があるように感じたのは。周平さんが私を見るので、首を横に振りました。

「きちんと、病院で診てもらったんですね？」

　訊くと、頷きます。

「余命は持って一年か、半年か、正直わからないけれども残り少ない人生であることは間違いないそうよ」

　そこの医者がそう判断したのならそうなのでしょう。そして、治療は投薬のみ、手術もできないほどに悪い状態だということです。

「兄の話は清澄から聞いてるでしょ？　どうやって死んだかを」

さっき聞いたばかりですけど、知っていたと周平さんと二人で頷きました。

「私は本当にわかるの。兄は、清澄を恨んでなんかいないのよ」

隣の部屋の清澄さんは、聞いているでしょうか。

「あの子はね、清澄はね、ずっと後悔しているのよ。後悔を抱えてずっと生きてきてるのよ。光輝はね、きっと自分を恨みながら死んでいったとね。そうじゃないのよ。恨んでなんかいない。あれは事故だった。むしろ、埋まったのが清澄じゃなくて自分で良かったって言ってるのよ。ずっと私たちのことを見守ってくれていた。清澄が自分の分まで頑張っているのを本当に嬉しく思ってるのよ。それを、それをね」

五月さんが、泣いています。今まで、何十年もの間抱えていた思いを今ここで話すことができたからでしょう。

「それをね、清澄に、私が死ぬ前にどうしても伝えたいの。でもね、でもよ。そんなの誰も信じないでしょ？　私が兄の声が聞こえるだなんて。話ができるだなんて。信じられるわけないじゃない。清澄は神主なの。神職なのよ。だから、わかってもらうには、私が本物の霊能力者ってことにしなきゃならなかったのよ」

「それで、五月さん」

故郷に戻ってきたのですね。そして、今までやったこともない口寄せというのを、他の人相手に始めたんですね。

「実績を作ろうとしたんですか。清澄さんに、お兄さんの声が聞こえるのを、信じてもらうために」

「それしかないじゃないの。私はもうすぐ向こうに、光輝のいるところに行くのに。時間がないんだから」

はぁ、と大きく五月さんは息を吐きます。

「ごめんね。会ったばかりのあなたたちに、こんな重い話をしちゃって。でもね、肺癌だって聞かされたときに、余命僅かって知ったときに、これはそれこそ神様が与えてくれた機会じゃないかって。清澄はまだ若いわよ。二十年三十年生きていけるわ。あの子の悔いを、後悔を、そうじゃないって教えてあげるのは今しかないって」

伝えたかった。いや伝えるまでわかってもらうまで死ねなかった。

深く深く、静かな溜息が、襖の向こうから聞こえたような気がしました。

「五月さん」

周平さんです。

「間違いなく、僕が清澄さんに伝えます。五月さんの力は本物だと。蓑島周平がこの身体で体験したと。ですから、清澄さんから話をしようと連絡が来るまで、待っていてください」

五月さんが帰って、そして清澄さんが奥の座敷から出てきました。

静かに微笑んでいます。出てきて、駐在所の事務所まで歩いてきて、やれやれと言いながらソファに座りました。

周平さんがその前に立って、頭を下げました。

「若輩者が、出過ぎた真似をしてすみませんでした」

清澄さん、いやいやと軽く手を振りました。

「煙草を貰えるかな。持ってくるのを忘れとった」

「どうぞ」

周平さんが机の上にあったものを渡すと、火を点けて、ひとつ大きく吸って息を吐きます。煙が流れていきました。

そうして、周平さんに向かって深く深く頭を下げました。

「私は君の親でも何でもないが、負うた子に教えられて浅瀬を渡るとは、まさにこのことかとな。これ、この通り。心から、礼を言う」

「そんな」

「人生、何が起こるかわからんもんだ。いつまで経っても修行、勉強じゃな」

「そうですね」

ありがたい。ありがとう、と、清澄さんは、周平さんに向かって何度も呟くように言いました。
潤《うる》んだ瞳を、押さえていました。
煙が眼に沁《し》みたように。

〈もちろん、周平さんは日報に、通報があったことは書きます。ご近所とのトラブルでご婦人同士の喧嘩の通報があったことは。でも、それ以上のことは書きません。事件ではないのですから。

きっと、人の思いというのは、強ければ強いほど不思議な力を生むものなのではないでしょうか。医師として治療にあたっているときにも、そういうものを感じることはあります。そういうものが、医療の技術を超えて奇跡を生み出したのではないかと思うこともありました。

不思議なことは、あるものです。でも、そのほとんどは人の強い思い、願う心、そういうものが引き起こすのではないでしょうか。五月さんの余命は医師にもわかりません。でも、生き続けるという強い意志があればきっとまだまだ先に延びると信じています。〉

秋　火曜日の愛は、銃弾

〈昭和五十一年十月五日　火曜日。

強い力でした。今まで経験したことのないものでした。本物の拳銃《けんじゅう》というものを、その力を知っている人はこの日本にはそうはいないでしょう。でも、警察官は皆知っているんですね。その力を使うときには覚悟がいる、と周平さんは言っていました。でも覚悟というのはそのときにするものではなく、ずっと胸に持ち続けなければならないものだとも言っていました。そうでなければ、人の命を奪う力を持っている拳銃を使うことはできないと。

愛情だったんだと思います。愛情が引き起こした事件でした。でも、きっと他に方法はあったと思います。傍目にはとても愚かで、どうしようもないと映ってしまうかもしれません。

でも、時に愛情は愚かなものなんだと思います。愚かでも愛《いと》しいものなんだと、今日の事件の終わりを見て、感じました。〉

九月も半ばを過ぎた頃。

〈雉子宮神社〉の早稲ちゃんと〈雉子宮山小屋〉の圭吾くんの結婚が決まって、準備が粛々《しゅくしゅく》と進んでいるときに、清澄さんと〈雉子宮山小屋〉の哲夫さん、圭吾くんの叔父さんが二人揃って駐在所に相談があるとやってきました。

「実はな、二人の新居のことなんさ」

「新居、ですか」

「そうな」

清澄さんと哲夫さんが同時に頷き、哲夫さんが続けます。

「もちろん山小屋が圭吾の家だし自分の部屋もあるが、なんせ一間しかない。おまけに山小屋なんで人の出入りは多いし登山者の宿泊もたまにある。とても新婚さんには向かん環境だろう」

哲夫さんが言います。

「確かに、そうですね」

山小屋にはもちろん行ったことがありますし、圭吾くんの部屋も入ったことはありませんが知っています。大きさは八畳間程度でした。二人分の布団を敷く場所を確保するだけでも大変。

「かといって、山小屋の改装は今はできない。将来的にどうなるかはわからんけど、今、二人のためにどうこうは無理なんだよ。圭吾が自力で丸太小屋でも作って自分の家にするって話しているが、そりゃあ一年二年掛かりの話になっちまう」

「丸太小屋って、圭吾くん一人で作れるんですか」

「作れるさ。時間さえあればな。そして木と土地はあるが、残念ながら金はない。木だけじゃ家は作れんからな」

頷いて、清澄さんが続けました。

「神社に二人で一緒に住むという話も早稲から出たが、確かに部屋はあるが、まるで圭吾が婿養子に来たみたいになってしまう。それじゃあ、どうにもまずい」

「まずいですか」

実際には婿養子ではないですから、別に構わないとは思ってしまったんですけど。清澄さんが頷きます。

「ここはそうさね。良くも悪くも田舎だ。こんな時代になっても古くさいもんがいろいろある。二人がそれでよくても、圭吾が嫁を貰ったのに嫁の、しかも神社の世話になっているってな。そういう色眼鏡みたいなもんで見られてしまう」

なるほど、と周平さんと頷きました。

早稲ちゃんと圭吾くんも随分気を遣って付き合っていましたよね。村の中を一緒に歩くことさえしないでいましたから。私たちからすると、若い二人が付き合うのに何を気遣うのかと思いましたが、そういうものなんでしょう。

「どっか他所に二人で家を借りるのがいちばんいいと思うんだが、あまり神社と山小屋から離れても困る。探したがどうも適当な空き家は川向こうとかになってしまって、通うには遠い。そうしたら」

あぁ、と、周平さんが微笑みました。

「神社と山小屋のちょうど近くに、この駐在所がありますね」

早稲ちゃんは神社の長い階段を降りたらもう駐在所ですし、圭吾くんなら駐在所から一本道を車で走って三分で山小屋です。

「そうなんだ。ここなら部屋は余っているし、花さんたちも新婚っちゃあ新婚だが一階と二階で別々だ。もしよければ、二階をあの二人に貸しちゃあくれんか、ってことなんだがね」

周平さんと顔を見合わせました。

「大丈夫、よね？」

「たぶんね。一応確認は取らなきゃならないけれども、駐在所なのは一階のここの部分だけで、その他の部屋は地域のためになることなら、基本は何に使ってもいいんだ」

「そうよね」

だから、事務室の隣の和室は、小学校の図書室の分室にもなっているんです。

「二階はそもそも人を泊めるための部屋なんだから、貸す分には何の問題もないんじゃないかな。実際、康一たちもしばらく住んでいたんだし」

もともとは問屋として作られた駐在所の建物は、まるで時代劇に出てくるような古い大きなものです。二階には四つの部屋があって全部空いています。しかも広いので、毎日の掃除もけっこう大変でした。早稲ちゃんがいつも手伝ってくれますけれど。

「一緒に住めるのなら、大助かりです」

「でも、二人はどうなんでしょうね。いくら僕たちと気心が知れているとは言っても、駐在所の二階が新居というのは」

周平さんが訊くと、清澄さんも哲夫さんも大丈夫、と言いました。

「一応二人にも訊いたがな、駐在所でいいなら自分たちも嬉しいとな。もちろん、いつまでもそこでとは考えとらん。いずれ、山小屋の方なりなんなりに二人の家をと思うとる。そのためにも二人で一生懸命働いて、神社と山小屋を有名にしなきゃとな」

「それなら」

いつでも歓迎です、と二人で答えました。

念のために本部に確認を取ると、地域住民に活用してもらうのがいちばんの使い方だし、何よりも非公式ながら駐在所の土地や建物を長年管理しているのは〈雉子宮神社〉なので、まったく問題がないとのことでした。

それで、駐在所に早稲ちゃんと圭吾くんの二人が一緒に住むことになったのです。

結婚式の前ですけれど、どうせいつも出入りしているのだからと早速に引っ越しが進められて、一気に賑やかになりました。

でも、早稲ちゃんが神社の仕事がないときに駐在所にいるのはいつものことでしたし、昼間は圭吾くんは仕事で山小屋にいます。ですから、昼間はそんなに変わりはありません。賑やかになるのは仕事終わりの夜からで、四人で晩ご飯を食べたりできるのは楽しいです。猫たちやミルも嬉しそうでした。

十月になりました。

秋の紅葉《こうよう》の美しい場所は、日本全国あちらこちらにたくさんあると思いますけど、ここ雉子宮の山々の紅葉の美しさも、きっと十本の指に入るんじゃないかと思うほど、本当に素晴らしいと思います。

駐在所の二階の窓を開けたときに広がる山々の紅葉は、この時期は毎日見られるのです。

美しい山並み紅葉《もみじ》、その合間を流れていく川。

ここに来たのは自分たちで選んだわけではなく、たまたま周平さんの希望する都会から離れたこの駐在所が転任の時期と合ったからですけど、運が良かったなと思っています。

一年半が過ぎましたけど、ずっとここにいてもいいなぁと周平さんと話しています。駐在所勤務の期間は正確には決まっていません。希望を出せば、定年までそこで働くこともひょっとしたら可能だと周平さんは言っていました。

まだ決めてはいませんけれど、少なくとも何かあるまでは、長くここで暮らしていきたいと思っています。

朝起きて、布団から手を伸ばしたときに、空気が冷たくなってきたのがわかります。夏が終わって秋が深まっていくのを実感します。

猫たちも、夏の間は周平さんの周りの畳の上に寝ていたのが、だんだん布団の上だったり中に入り込むようになってきています。最近は私の布団にも入ってきてくれるのですけど、圧倒的に周平さんの方に行くのが多いのは、三匹ともメスだからじゃないかと清澄さんが話していました。

最近は、猫たちは二階に住みだした圭吾くんと早稲ちゃんの方にも出入りしているようです。私たちより早稲ちゃんの方が、猫たちとは付き合いが長いですからね。それでも、やっぱり布団に入られるのは圭吾くんの方らしいです。

ご飯を炊いて、お味噌汁には大根とお揚げを入れて、目玉焼きを焼いて、魚肉ソーセージをバターで炒《いた》めて、昨日の残りの鮭もほぐしてほうれん草と一緒に炒めます。

「おはよう」

「おはよう」

周平さんが起きてきて、猫たちとミルにご飯をあげて、私たちも朝ご飯です。圭吾くんと早稲ちゃんが一緒にいることにもすっかり馴染んだのですが、今日は二人だけです。圭吾くんも早稲ちゃんも、今日に備えて、昨日の夜からはそれぞれ自分の家に戻っています。

「いただきます」

周平さんがお味噌汁を飲みながら、隣の座敷の桟《さん》に掛けておいた黒のスーツを見ました。

「いよいよ結婚式か」

「そうね。楽しみ」

今日が圭吾くんと早稲ちゃんの結婚式です。

もちろん、〈雉子宮神社〉神前結婚式です。

その前に、この地方の風習である練り歩きがあるそうなんです。

花婿が自分の家から花嫁の家まで迎えに行くために歩き、その後花嫁が花婿の家まで一緒に歩いていくのです。もちろん、正装です。花婿は紋付き袴で、花嫁は白無垢で。少しの距離ならいいのですけど、今回は二人の家の距離は相当あるので、けっこう大変なんです。

多少の雨でも傘を差しながら歩くそうですが、今日は快晴です。天気予報でも雨の心配はまったくないと言っていたので、本当に佳《よ》き日になりそうです。

「相当な数の人が参列するみたいだね」

「わかってるだけでも百五十人ぐらいになるんじゃないかって」

「百五十人かー。警備でも出したいぐらいだよね」

「それはどうかしら」

私たちも参列してほしいと早稲ちゃんと圭吾くんの両方から頼まれました。普段の何でもない日の少しの間なら二人で出ることも可能ですけど、それだけの人が集まる中で長い時間、二人揃って駐在所を空けるわけにはいきません。

なので、お式の方には私が出て、練り歩きには周平さんが片道だけを一緒に歩くことにしました。その後の祝宴にも、ちょっとだけ顔を出すつもりです。

どのみち、それだけ多くの人が一緒になって歩くのですから、周平さんはパトロールも兼ねるわけです。

お祝い事ですけれど、それでも不埒《ふらち》な考えを持つ者はいる、と周平さんは言います。いわゆるご祝儀泥棒ですよね。祝宴の席で係の人たちがちゃんといるとはいっても、たくさんの人が集まるとごちゃごちゃして隙《すき》はできるものです。泥棒は、その隙を逃さないとか。とは言っても、制服姿で練り歩くのは目出度《めでた》い席にちょっとなんですから、背広を着てその上に通常の装備品を付けて歩くことにしたのです。少し不格好かもしれませんけれど、刑事の頃にはスーツ姿で手錠やら何やら持っていたのですから、周平さん本人は違和感はないと言っていました。

参列には音楽もつきます。その昔は笛や太鼓で、唄われるのは祝歌のようなものだったらしいですけれど、今は腕に覚えのある方々がそれぞれの楽器を持ち寄って演奏しながら歩くそうです。

早稲ちゃんに教えてもらいましたけど、トランペットやトロンボーンといった吹奏楽に使われる楽器を持っている人がいて、かなり賑やかな楽隊になりそうです。

「どんな曲を演奏するって言ってた？」

「別に決まっているわけでもないし、練習するわけでもないから、楽器を持って集まった人たちが話し合ってできるものをやるんだって。わかっているのは〈聖者の行進〉とか〈オーシャンゼリゼ〉とか、楽しい賑やかなものだって」

「すごいな。どっかの外国のお祭りみたいだ」

そういうのを何かの映画で観たことありますよね。

「明後日《あさって》は演劇だし、予定が目白押しになっちゃったわね」

「あー、そうだった。明後日か」

演劇鑑賞。

私も周平さんも映画は大好きですけど、演劇というのは二人とも一度か二度ぐらいしか観たことありません。

実は、ホステスさんのマリナさんに誘われたのです。

マリナさん。源氏名ですけど、本名は佐伯香子《さえきかおるこ》さんでした。小さな劇団で女優をやりながらホステスさんをしているんです。

何ヶ月か前、酔っぱらって喧嘩した田辺の篤さんと一緒に駐在所に一度来て、それから何度もお休みの日に田平からわざわざここまでやってきて、猫たちやミルと遊んだり子供たちの相手をしたり、私の家事を手伝ったりして帰っていくのです。

何でもマリナさん、同じような田舎の出身で、しかもこういう大きな家で育ったそうなんですけど、今はその家も家族もなく、ここに来るとすごく落ち着くんだそうです。懐かしくてたまらないんだ、と言っていました。

そういうのは大歓迎です。ここが好きになって通ってくれるのも友達だと思えば何でもないことですからね。

それで、久しぶりに劇団の公演が松宮市の小さなホールであり、けっこういい役で舞台に立つのでチケットを買ってくれないかと。いえ、二人なら一枚はご招待すると。

苦笑いしながらも周平さんとチケットを二枚買いました。売れない役者さんは大変なんですよね。チケットを何枚もさばかなきゃならないのは知っています。

「これも何かの縁だしな」

「そうね」

演劇そのものは嫌いではありませんし、それに、この先にたとえ日曜日でも二人で出かけるということは、そうそうないでしょうし、何よりも今はこの家に留守番がいるのです。

贅沢はできないし仕事もあるからと、新婚旅行に行くこともなく、圭吾くんと早稲ちゃんはもう明日からいつもの暮らしに戻るそうです。それに、残念ながら演劇にはまったく興味がないとかで、留守番をしてくれます。

もちろん、何かあったときのために、ホールの電話番号など連絡をつける方法は考えてあります。

「マリナさんって言えばさ」

「なに？」

「ほら、田辺さん」

「うん」

田辺篤さんですね。弟さんは淳さんです。

「この間、父親が亡くなったよね」

「うん」

一応、人の出入りは駐在所も確認しておかなければなりません。誰かがお亡くなりになったり、あるいは引っ越したり、そういう住民の移動はきちんと把握しておきます。一ヶ月ほど前に田辺さんのお父様が闘病の末に亡くなったと聞かされました。

「母親は随分以前に亡くなっていてね。だから、田辺家には兄弟と、篤さんの奥さんの三人になったんだ」

「そうだったの」

「それで、相続で揉めてるみたいだって、康一が言っていた」

相続ですか。

「康一さんって、また篤さんと一緒に飲んでいたの？」

うん、と頷きました。

「通っている飲み屋が同じところにあるらしいから、どうしても顔を合わせるんだね。そんな話を愚痴っていたってさ。大して広くもない畑や土地や家を半分にしたってどうしようもないとかね。康一が心配していたよ。あいつも同じ農家だから、揉め事があるといろいろ面倒だし可哀相だなって」

うーん、と唸るしかありません。ご兄弟ですから、法的には両方に均等に権利があるわけですよね。

「畑を半分にしてそれぞれ別々で働いても、やっていけないからどうしようもないってことね」

「そういうことになるのかな。今までもやってきたんだから、これからも兄弟二人で力を合わせて仲良く畑をやっていければいいんだろうけどね」

そういうわけにはいかないのでしょうか。

「マリナさん、まだ篤さんとよく飲んでいるのかしら」

「ホステスさんだからね。お客さんとしてなら歓迎するしかないだろう」

そうですけど、商売とは言っても篤さんには奥さんがいます。

「むしろそっちの方が心配」

「それも、まぁどうしようもないんだけどね。確かに康一も言ってたけどね。あの二人はちょっとな、って」

「やっぱり浮気とか？」

周平さんが苦笑いします。

「僕らにはわからないし、何事か起こらないとどうしようもないしね」

警察は事件が起きなければ動きません。ましてや、たとえば浮気とかそういうことはどうしようもないのです。

朝ご飯を食べたらいつものように周平さんと二人で、登校する子供たちを見守ります。

全校生徒の半分ぐらいは、駐在所の前を通って小学校へ登校していくのです。

「おはようございまーす！」

「おはよう！」

もうすっかり皆の顔も覚えました。

子供たちも周平さんを〈ミノさん〉と呼んで慕ってくれています。優しくて、でも大きくて強そうなお巡りさんは、自分たちを守ってくれるんだとわかってくれています。

今はミルも一緒になって、行儀よくお座りして子供たちを見ています。犬好きの子供たちは、ミルを必ず撫でていきますよ。


お式は昼の十二時からです。

その前に二時間掛けて練り歩きです。周平さんはもう山小屋まで行って、圭吾くんの後について歩いているはずです。神社まで歩いていって早稲ちゃんを迎えて、その後は駐在所に帰ってきます。

私も駐在所の前に立って、練り歩きを見物していました。たくさんの人たちが花婿と花嫁の後ろに並び、風になびく白い旗を持ち、そして色とりどりの錦《にしき》の布を風になびかせ、楽器を持った人たちは演奏をします。

賑やかです。練り歩きに参加しない人たちも沿道に出て手を振り、小さな子供たちも、列の周りを走り回ったりしています。

周平さんが、列を抜けて戻ってきました。

「お疲れ様」

「うん。いやこんなに賑やかだとは、ちょっと予想を超えていたね」

「本当に」

早稲ちゃん、白無垢がすごく似合います。きれいです。本人は実はウエディングドレスを着たかったそうですけど、それは近いうちにお金を貯めて写真館で借りて写真だけでも撮りたいって言っていました。

列の中から、誰かが抜けて駐在所の方に来ました。スーツを着た男性と、きれいな藤色のワンピースを着た女性です。

「こんにちは」

「あら、こんにちは」

田辺の弟さん、淳さんですね。あのときにお兄さんの篤さんを迎えに来ました。隣にいる女性は、ひょっとしたら。

「この間は、兄が本当にご迷惑を掛けて」

「すみません、妻の典子《のりこ》です」

やっぱり、篤さんの奥さんですか。

「ご迷惑を掛けてお詫《わ》びにも伺わないで本当にすみませんでした」

「あぁいえいえ。いいんです」

周平さんが優しく言います。

「ああいうことでの警察官への詫びは無用です。ただ仕事をしただけですから」

それでも、どうもすみませんでしたと頭を下げて、二人はまた列へ戻っていきました。

篤さんの奥さん、典子さんと言うんですね。とてもきれいな顔立ちの人ですけれど、どこか儚げな感じもあります。

「わざわざいいのにね」

「たぶん、畑が忙しいのと、あと、お巡りに詫びなんかいらないとでも旦那さんに言われたんだろう。行くに行けなくて、それで、この結婚式の練り歩きが文句も言われない機会だったたんじゃないか」

なるほど、って思いました。篤さんなら、そんなふうに言いそうです。

「篤さんに文句も言われずに参加したってことは、淳さんと典子さんは圭吾くんか早稲ちゃんと知り合いなのかしら」

うん、と周平さん首を捻ります。

「圭吾くんと淳くんはたぶん同じぐらいの年齢じゃないか？　学校の同級生とかかも」

「あ、そうかもね」

「奥さんの典子さんも、そう年は離れていないだろうから、たぶん学校の繋がりだろうね。小学校も中学校もひとつしかないんだし」

同じぐらいの年齢の人なら、ほとんど皆が顔馴染み、幼馴染みと言ってもいいんでしょう。

「あの二人」

周平さんが、列に戻っていった二人の背中を見ています。

「なに？」

「いや、実は、今日たまたまあの二人のちょっと後ろを歩いていたんだよね」

「そうなのね」

「最初は誰かわからなくてね。その後ろ姿に、若いカップルか夫婦かな、って思っていたんだ。どこの誰だろうって。とても寄り添っていたんだよ。身体をくっつけていたってわけじゃなくて、雰囲気だね。だからてっきりそう思ったんだけど」

「義弟と義姉よね」

典子さんは、篤さんの奥さんです。淳さんにとっては義理の姉です。

「仲が良い、ということじゃないの」

「そうなんだろうけどね。なんか下衆《げす》の勘ぐりみたいな言い方になってしまうけど、そう感じたんだ」

そう言われるとどこか微妙な気持ちになって、二人の背中を見つめてしまいました。

結婚式の翌日から、早稲ちゃんと圭吾くんは本当にいつも通りの日々に戻りました。あまりにもそっけないような気もしましたけれど、考えてみたら周平さんも、結婚式の翌日と言わずにその日からもう仕事をしていました。事件の捜査があったのです。もちろん、お式の間もお酒なんか飲みませんでした。

日曜日の朝、四人で朝ご飯を食べていました。神社も山小屋も、日曜日だからと言って休みではありません。何もない日には当然休むこともありますが基本的には年中無休です。

「今日はゆっくりしてきてね」

早稲ちゃんが言います。

「そんなにゆっくりはできないけどね」

マリナさんの演劇を観に行くのです。留守番は、早稲ちゃんと圭吾くんがしてくれます。

「意外とそういう予定を立てた日に限って、何か起こったりするんだよね」

「そうそう、私も病院にいた頃には、緊急手術が入ったりした」

「大丈夫だって。神様に祈っておくから」

神社の娘が言うなら、と皆で笑いました。

「そういえばさ、圭吾くん。田辺淳くんは知ってるんだよね」

周平さんが訊きました。圭吾くん、パンを食べながら頷きます。

「淳ですか？　高校は違いますけど、小中と同級生ですよ。同い年です」

圭吾くんが言いました。やっぱりそうですよね。

「お兄さんの篤さんもよく知ってるのかな？」

うーん、と圭吾くん唸ります。

「知ってるって言えばもちろん知ってますけど、年は五つぐらい離れてるのでそんなにかかわりはないですね。ただ同級生の兄貴ってだけで」

早稲ちゃんがちょっとだけ顔を顰めました。

「あれでしょ？　酔っぱらって騒いで周平さんが連行してきた人」

「連行っていうわけじゃないけどね」

「私は、あの人嫌い」

「早稲ちゃんも知ってるの？」

訊いたら口を尖《とが》らせました。

「知ってるってほどじゃないけど、農家の寄り合いなんかでね。神主はそういうところにもよく参加するの。豊作を祈ったりするのも神社の仕事ですからね」

確かにそうです。

「とにかく乱暴だし、いい加減だし、他の農家の人はいい人ばかりだけれど、あの田辺の篤さんは嫌われ者ね。それこそ弟の淳くんがいなかったら、もう村八分《むらはちぶ》みたいなものよ」

「そんなになの」

圭吾くんが苦笑いしました。

「そんなふうに見えるかも、ですね。でも、淳に言わせると優しいところもあるんですよ。それに畑の方はお兄さんがいなきゃならないことも多いっていうし」

「腕はいいみたいだけどね」

早稲ちゃんもちょっと頰を膨らませながら言って、あれだけどさ、と続けました。

「そんな話しちゃったから、ちょっと訊いてみたいんだけど、圭吾くん」

「え、なに」

「篤さんの奥さん、典子さんって、淳くんから奪い取ったって本当？」

「あー、その話か」

奪い取ったって。

「そうなの？」

圭吾くんが、首を軽く横に振りました。

「典子さんって、確か二つ上なんです。それでもって家が近いんですよ。隣同士って言ってもいいぐらい。だから、三人は幼馴染みみたいなものなんだって前に淳が言ってました。奪ったって言うけどさ」

早稲ちゃんに向かって言います。

「淳も言ってたけど、そもそも淳と典子さんは恋人同士でもなかったたし、付き合ってもいなかったんだよ。確かに姉と弟みたいに仲が良かったけど」

「本当？」

「本当、っていうかそういうふうに淳が言ってた。結婚したときにそんな噂が出てたからね。そういう噂はすぐに広まるんです。わかりますよね」

周平さんと二人で頷きました。

「だから、いや、本当のところはわからないよ？　淳も好きだったのかもしれないけど、今はああやって義理の姉弟として暮らしているんだからね」

松宮市に来るのは久しぶりでした。

「来たのは去年ね」

「そうだね」

二人でこうして歩くのも本当に久しぶりです。マリナさん、いえ、佐伯香子さんの演劇が行われたのは駅前から少し行ったところの、小さなホールでした。入るのは初めてでしたし、客席から手の届くようなところで行われる演劇を観るのも初めてでした。

終わって、駐在所に電話して何事もないことを確認してから、どこかでラーメンでも食べて帰ろうと歩いていました。

「凄かったわね。人間というのはあんなにも身体から声を発せられるものなんだね」

「そうそう」

普段映画やテレビドラマを観るときの、役者さんの発する台詞《せりふ》とは全然違いました。声が身体から震えて出てくるのがわかるのです。

そしてそれが、観ている者へと空気を伝って届くのも、はっきりとわかったんです。

「演劇鑑賞が趣味だっていう同僚がいたんだけどさ」

「あ、南《みなみ》さんね」

「そうそう、南。話したことあったっけ？」

「前に言ってた。せっかくのチケットが事件が起こって無駄になって泣いたって」

そうだそうだ、って笑います。

「南の気持ちがようやくわかった気がするよ。あれは、一度観てみなきゃわからない感覚だね」

「そうね」

マリナさんの演技も凄かったです。役柄はどこかヨーロッパの国の酒場の女主人で、なんとなくホステスをやっているマリナさんとイメージが被りました。

その演技の迫力は凄いものでした。声を張り上げ、酔っ払いや悪党たちと堂々と渡り合い、逞《たくま》しく生きていく女性の役でした。本当にぴったりで、演技に酔いしれるという経験をさせてもらいました。

「いつか、マリナさんはマリナって名を捨てて、佐伯香子としてもっと大きなスポットを浴びる場所に出られるかしらね」

「どうかな」

私たちとは全然違う世界です。

「もしそうなったら、嬉しいし自慢できるけどね」

そうですね。

「あ、まだケーキ屋さんが開いてる。あそこで圭吾くんと早稲ちゃんにお土産《みやげ》買って帰ろう」

「そうね」

留守番してもらったお礼です。

＊

突然の夜の大雨に、秋の収穫を心配した月曜の夜でしたけど、幸い本当にあっという間に止んで、すっきりとした秋空の火曜日です。

いつものように、何事もなく過ぎていきました。夜に雨が降ると道路が滑りやすくなるので、周平さんはバイクを使わずにジープでパトロールに向かいます。雨で川の増水が心配だったのですがそれも大したことはなく、その日はずっと駐在所で書類整理の仕事でした。

周平さんがずっと机に向かっていると、猫たちが邪魔に入ります。どうして猫は人が何か作業をしていると、邪魔しに来るんでしょうね。

作業じゃなくても、テーブルに新聞を広げて読んでいたりすると、その上に乗っかってきますよね。

犬のミルはそんなことはせず、散歩に行きたいときには直接行動に出ます。散歩に行きたいです、って呼びに来ますよね。

早稲ちゃんと圭吾くんが一緒に暮らすようになってから、ときどき二人がミルの散歩に行ってくれます。早稲ちゃんのときには神社へのコース、圭吾くんが行くときには山小屋へのコースと、いろいろ散歩コースが増えたので、ミルも喜んでいるみたいです。なんでも山小屋に行ったときには、たまたま登山者に出会うと構ってもらえるので、すごく嬉しそうだと圭吾くんが言っていました。

夜になって、皆の仕事が終わり、早稲ちゃんと二人で晩ご飯を作って、皆で一緒に食べます。四人分の晩ご飯をいっぺんに作るので、けっこう作りやすかったりするんですよね。

「あ、周平さん。ここのお風呂なんですけどね」

「うん」

「いい檜《ひのき》の材木があるんですよ。場所に余裕があるから、あの小判形の木桶《きおけ》を壊してもっと大きい木枠の風呂を作れると思うんですよ」

「え、本当に？」

「お風呂って、作れるの？」

思わず訊いちゃいました。

「作れますよ。要は木の箱なんですから。そうしたら二人いっぺんに入れて便利かなって」

「それは、便利だな」

「便利ね！」

今は一人ずつしか入れないので、四人が入るとけっこう時間が掛かるのですよね。

「できるのなら、ぜひお願いしたいけど、予算は？」

「大丈夫です。廃材で手に入れたものと山にある木でできるので。僕のいい練習にもなるんで」

いいね、と、皆が頷きました。

「そういう仕事も、近い将来は始めたいんですよね」

「お風呂を作るの？」

「いや、お風呂だけじゃなくて、向こうではログハウスって言うんですけど、丸太だけで家を一軒作るんです。材料さえ揃えておけば、製作期間も短くできるもので」

「へぇ」

「それを一式売れるようにしておけば、けっこう需要はあると思うんですよね」

夢のある話です。

ご飯も終わって、そのお風呂を沸かしている最中に電話が鳴りました。

「はい、雉子宮駐在所」

周平さんが出た途端に、受話器から声が響いてきました。びっくりして、思わず動きを止めました。

何を言っているのかわかりませんが、聴こえます。相当な大声で喋っています。

いえ、叫んでいるんですか？

周平さんが少し耳を遠ざけて顔を顰めました。

「銃を？」

銃、って言いましたか？

「わかった。すぐに行く」

受話器を置くなり周平さんは装備を調《ととの》え始めました。

「田辺の家だ。マリナさんから電話」

「マリナさんから？」

「篤が猟銃を持ち出して騒いでいるらしい」

猟銃って。

圭吾くんも早稲ちゃんも思わず立ち上がりました。

「危険だけど、もしも誰か撃たれていたら応急処置が必要かもしれない。花さんも一緒に来て」

「わかったわ」

救急セットを持てばすぐに出られます。

「圭吾くん、早稲ちゃん。留守番頼みます」

「わかった。気をつけて！」

二人の声を背中に、周平さんと一緒にジープに飛び乗りました。

「赤色灯は？」

サイレンを鳴らすのかと思いました。

「車は通っていないからね。もしも勘違いなら周りを騒がすだけだから」

そうでした。サイレンを鳴らさなくても、田辺さんの家までは農道を走っていけますので、信号もありません。

「銃ってどういうことかしら」

そんなものを持ってるなんてありえません。

「わからないけれど、猟銃ならあり得る」

「猟銃？」

「この辺には熊撃ち用の猟銃を持っていた農家が多いからね。山小屋にはあるだろ？　それがそのまま残っていることもある」

熊撃ち用の。そういえばそうでした。山小屋の哲夫さんも、それから圭吾くんも猟銃の免許は持っているんでした。

「あそこだ」

明りが見えます。人が集まっているのも。

どうしてこんなに明るいのかと思ったら、田辺さんの家の縁側の雨戸が全部開けられていて、居間が丸見えになっていたのです。何故夏でもないのに、あんなふうに開けっ放しになっているんでしょう。

車を少し手前で停めて、走りました。

「うるせぇ！　来たらお前らもぶち殺すぞ！」

叫ぶような声が聞こえました。

篤さんの声です。

見えました。

家の中、居間で篤さんが、猟銃を持って、叫んでいます。騒ぎに気づいた人でしょうか、三人、四人集まっています。

周平さんが走りました。

「下がって、皆さん近づかないでください」

大きな声では言いませんでした。余計に篤さんを興奮させるかもしれないからでしょう。

「旦那」

「康一か、来てたのか」

「ついさっきだ。マリナから電話があってよ。なんだこりゃ」

「マリナさんから？」

マリナさんは、康一さんのところにも電話したんですか。

「殺すってよ」

誰かわかりませんが、近所の方でしょう。周平さんに話しかけます。

「お前を殺せばここは俺のもんだってよ、さっきから酔っぱらってるらしくて騒ぎ出してよ。しまいにゃ全員殺して俺も死ぬとか言ってた」

「お前って？」

「淳のこったろ。弟の。何考えてんだかな」

そんなことを。

「酔っぱらってるぞ、あいつは」

「何をやってるんだか」

周平さんが、集まっている人に向かって手を上げました。

「とにかく、皆さん下がってください。もっと離れてください。康一、この人たちを下がらせてくれ。花さんも一緒に」

「この人、死ぬって言ってるんです！」

マリナさんです。やっぱりマリナさんもいるんですね。

この状況の中、電話してきたんですか？

「一緒に死んでくれって！　自分も死ぬって！　でもあたしは死にたくない！」

必死の叫びです。

その叫びにその場にいた全員の動きが止まりました。まるで、あの演劇のときに聞いたマリナさんの声です。

「やべぇぞ」

康一さんです。マリナさんの必死の叫びの迫力に、皆が押されるように下がり始めました。

周平さんは、何かを理解したように、頷きました。

「あの猟銃は？」

「田辺んところのじゃて」

「田辺さんの」

「熊撃ちの猟銃だぁ。大昔のな。今でもあったとは知らんかったんが。うちにもあったがな」

「使っていなかったものですね？」

「たぶんな」

その人は頷きました。かなりのお年寄りですから、田辺さんのおじいさんのお知り合いでしょうか。

「全部処分したと思うとったよ。きっと屋根裏にでもあったんだがな」

「わかりました。皆さん、僕がやります。ここは下がってください」

そう言って、周平さんが何か康一さんに耳打ちしました。康一さん、少し眼を細めましたが、小さく頷きました。

「花さんもここにいて。誰も近づけないように、いいね」

「どうするの？」

うん、と頷きます。

ょう。


「近づいて、話をしてくる。大丈夫だから、絶対にここから動かないようにね」

周平さんが、田辺さんの家にゆっくりと近づいていきます。撃たれたらどうするんでし

「大丈夫だ」

康一さんが私の肩に手を置いて言います。

「旦那がああ言ってるんだ。何か気づいたんだろうさ」

縁側に近づきました。

「篤くん。蓑島だ」

声を掛けました。少し移動したので、居間の中が見えます。奥には淳さんがしゃがみ込んでいます。その後ろに、典子さんです。淳さんは典子さんをかばうように典子さんの前に出て手を広げています。

マリナさんは、その横に立ちすくんでいます。

篤さんが、猟銃を構えています。その銃口は、確かに淳さんの方を向いていました。

「来るな！」

篤さんが、叫びます。

「来たら撃つぞ！　こいつら撃って俺も死ぬ！」

「篤くん。落ち着け」

周平さんが静かに、でも、強い声で言いました。

「淳くん、皆無事か？」

周平さんが訊くと、淳さんが周平さんの方に眼だけ動かして、そしてゆっくりと頷きました。まだ撃たれてはいないんですね。

あの猟銃で、あの至近距離で撃たれては、持っている救急セットなど何の役にも立ちません。

「康一さん、応援を」

「いや待て花さん。旦那の指示に従おう」

そのときです。

タン、と、乾いた音が響きました。一瞬、何の音かはわかりませんでした。でも、康一さんが勢いよく立ち上がりました。

「撃ったか」

「え？」

「銃声だ」

「周平さん?!」

でも、周平さんは立っています。月明りしかないのでわかりませんけれど、間違いなく立っています。

立って、拳銃を真っ直ぐ前に向けて構えているのが、わかりました。でも、構えたことすら気づきませんでした。

「旦那が撃たれたんじゃない。撃ったんだよ。ありゃ、拳銃の音だ。熊撃ちの銃の音じゃない」

周平さんが、撃ったんですか？

「花さん！」

周平さんが呼ぶ声が聞こえたので、立ち上がって康一さんと二人で走ります。

「周平さん！　銃声が！」

あぁ、と頷きました。

「大丈夫。誰も怪我していない。念のために篤の手を診てくれるかな。弾丸が近くを通ったから。掠《かす》ってもいないと思うんだけど」

「手、ですか？」

部屋の中で、田辺篤さんが確かに自分の左手の甲を押さえるようにして立ちすくんでいます。

猟銃は、足元に落ちています。

すぐに靴を脱いで中に入りました。

「康一。悪いけど、向こうの壁に銃弾がある。ほじくり返して取っておいてくれないか」

「了解」

田辺篤さんの手の甲のどこにも傷はありませんでした。ただ、身体の近くを通った弾丸のその威力に驚き、少しばかり震えているようにも思えます。

「大丈夫よ周平さん。大したことはない」

「わかった」

立ったままそこにいる皆をじっと見ていた周平さんが、ふっ、と力を抜き、少しだけ微笑みました。

「駐在所に来てもらおうかな。話を聞かせてほしい」

それから、外にいる近所の人に近づいていって言いました。

「終わりました。もう大丈夫です。あとは〈雉子宮駐在所〉の僕がやっておきますので、どこにも連絡しないで大丈夫です」

駐在所に、篤さんとマリナさんを連れてきました。

田辺の家に残してきた淳さんと典子さんには、周平さんがお願いして康一さんがついています。康一さんに二人の話を聞いてもらい、落ち着いたら後で駐在所に報告に来てくれるよう頼んでいました。

いつも、話を訊くときに座ってもらう草臥《くたび》れたソファに、篤さんとマリナさんを座らせました。私はお茶を淹れて、二人の前の低いテーブルに置きます。

早稲ちゃんと圭吾くんには奥に引っ込んでいるように周平さんが言いましたけれど、きっと隣の部屋で聴いていますよね。聴こえてきたことは誰にも言わないように後でちゃんと言い含めないといけないかもしれません。

マリナさんと顔を見合わせると、少し苦笑いのような笑みを見せます。大丈夫ですね。落ち着いているようです。

「さて」

周平さんが、事務机の前に座り、ノートを広げます。

二人に向かって、笑みを見せました。

「マリナさん」

「はい」

「マリナさん、いや、女優佐伯香子さんの良い芝居を、また見せてもらったけどさ。そのわけを訊こうかな」

「芝居？」

篤さんが、顔を顰めました。

「何だよ芝居って。嘘でもついたってのか！」

声を荒らげます。

さっき近づいたときにも思ったのですが、篤さん、酔っていませんね。アルコールの匂いは一切しませんでしたし、顔色も普通です。

「言葉通りだよ、篤さん。マリナさんの迫真の演技を見せてもらったよ」

「演技なんかしてねぇだろ！」

「君も、今、演技をしている」

ぐっ、と、篤さんの喉《のど》の奥で何か音がしたような気がしました。

「わかったんだよ。マリナさんのあの叫びでね。これは、マリナさんの芝居だってね。あまりにも見事な演技だったから、余計にわかったんだ。普段のマリナさんじゃなくて、あの日のように舞台で演技しているマリナさんだってね」

そうだったんですか。

「もしも、この間、マリナさんの芝居を観ていなかったら、あの演技にすっかり騙されたかもしれない。本気で死のうとしているのかもしれないって思ったかもしれない。でも、観ちゃったからな」

マリナさんが、唇を少し動かしています。どう反応していいかわからないのでしょうね。

「そもそもマリナさんが電話してきたこと自体がもうおかしかった。あの状況でどうやって電話してこられたのかね。その上、何故康一にまで電話したのか。さらに言えば、どうしてあんなに雨戸を全部開け放っていたのか。それは、近所に声を聞かせるためだ。そうだろ？」

篤さんが、顔を顰めています。

「康一に電話したのは、マリナさんと篤さんの芝居を見せるためだ。僕に電話したのも同じだけど、逮捕してもらうためだ。雨戸を全部開けて騒いだのは、隣の家の人に聞かせるためだ。僕が着くほんの少し前に隣の家の人たちが来たんだろう？　時間的に言えば、僕に電話して、康一に電話して、それから少し経ってから雨戸を開けて騒いだ。違うかな？」

マリナさんは篤さんを見ています。篤さんは、下を向いたままです。

「舞台設定を、整えたんだ。隣の家の人が来る、僕が来る、そして逮捕される。それを近所に見せたかった。そういうことなんだろう？」

「でも、周平さん。あんな騒ぎを起こしたら、もっと人が集まって一一〇番されて」

「隣の家にしか届かないよ。周りは畑なんだからね。しかも隣の人が危ないと思って電話しに行く前に、僕が着いた。お巡りさんが来たら、もう普通は一一〇番はしない」

そうですね。

そういうことですか。でも、何故そんなことを。

「撃ったのは、撃たなきゃあの芝居が終わらないと思ったからだよ。篤さんが猟銃を下げるきっかけはそれしかなかっただろうからね。まさか猟銃を持った人間に飛びかかるわけにもいかない」

周平さんが、机の上に置いてあった煙草の箱を持ちました。

「吸うか？」

ポン、と箱の下を弾《はじ》いて口から一本飛び出させます。それを篤さんに向けました。顔を上げた篤さんが、手を伸ばしてその一本を取り出します。

周平さんも一本取り出して、マッチで火を点けました。そのマッチをそのまま篤さんの方に向けると、篤さんも口にくわえた煙草に火を点けました。

煙草の煙が、流れていきます。

ふぅ、と、篤さんが息を吐きました。紫煙が大きく揺らいで消えていきます。

「康一に、聞いたことあったんだよな」

篤さんが静かに言いました。

「何をだ？」

「あんたは、凄い警察官だってな」

「そうかな」

「まさか、こんなあっという間に見抜かれちまうなんてな。すげえよ、あんた」

周平さんが、苦笑いします。

「そう思ったんなら、素直に話してくれ」

「気づいちまったんだよ」

「何にだ？」

篤さんが、肩を落とします。

「淳と典子が、男女の仲だってことにさ」

思わずマリナさんの顔を見てしまいました。マリナさんも、顔を顰めます。

「それは、事実なのか」

「事実だよ。向こうは気づいていないと思ってるだろうけどな。わかったんだよ。この眼で見たし聞いたよ。俺ぁろくでなしだが、今更ここで嘘はつかない」

真っ直ぐに周平さんを見ます。

その眼には確かに嘘はないように感じます。

「さっきのとは違う状況だな。不倫していたから殺すんじゃなくて、お前が死ねばここは俺のものだ、とか叫んでいたそうじゃないか。隣の家の人は、はっきりとそう言っていたぞ。きっと今頃あちこちに広まっている」

篤さんは、唇を引き締めました。

「違うんだよ」

違う、と二度繰り返します。

「何が違うんだ」

「本当は不倫じゃねぇんだ。元々典子を奪ったのは、俺の方だ」

「奪った？」

「俺たちは、俺たち兄弟と典子はそもそも家がすぐ近くの幼馴染みだ。ガキの頃からよく知ってる。そしてな、典子が好きだったのは淳の方だよ。年下だけどな」

「それを知ってて、奪ったということか」

「強引にな。俺のものにしたんだよ。まだ淳とそうなる前にさ。既成事実さえ作っちまえば、もう俺と結婚するしかない。ここじゃそういうもんだ」

「ひどいな」

　本当にひどいです。そんなことを。

「だから言ったろ。俺はろくでなしだ。どうしようもない。よっくわかったよ。親父が死んでさ」

　ちょっと首を傾げました。お父様の死がどう関係するんでしょう。

「どういう意味だ？」

「親父が死んで、あの家も土地も全部俺たちのものになったんだよ。俺たちが二人であの土地で畑やって一生喰ってくんだよ。売っ払ったって淳と半分ずつだ。何年も持ちゃしねぇ。そう考えたのさ。ぞっとしたよ」

「何故だ。何故ぞっとした」

「俺は、親父から受け継いだ土地を売ることしか考えてなかった。親父やじいさんが一生掛けて耕してきた自分の土地を、畑を、ただ売ることしか考えねぇ、そこで生きてくことなんかこれっぽっちも考えていなかった。そんな自分にぞっとしたんだよ。じゃあお前は一体何をやって生きてくんだってな」

周平さんが、煙草を吹かしました。

「自分のどうしようもなさに、ようやく気づいて、自分で自分に絶望したってことか」

「そういうことだ」

こくん、と、頭を動かしました。

でもそれは、自分の愚かさに気づいたというのは、決して絶望するようなことではないと思うのですが。

「俺がいなくなるのが、いちばんいい」

「いなくなる？」

「それがいちばんいいんだ。こんなろくでなしの兄貴がいたんじゃ、あいつらは不幸になるだけだ。あいつらは、淳と典子は不倫じゃねぇ。最初から愛し合ってた」

思ったのさ、と、篤さんが続けます。

「あいつらが一緒になって、あの家で暮らすのがいちばんいいんだ。だけどな、だからってよ、長男だぞ。長男のこの俺が典子とただ離婚して家を出ていって、はいラッキー、って結婚できると思うか？」

周平さんを見ました。

「他所もんのあんたにはわからんだろうけどさ、あいつらの仲の良さは皆が知ってんだ。むしろ似合っているのはあいつらの方だったって思ってんだ。だから、ただ離婚しただけじゃ、結局淳と典子が不倫して長男を追い出したってことになっちまうんだよ。それじゃああいつらがここでやっていけねぇ。とんでもねぇ奴らって色眼鏡で見られちまう。淳は兄を裏切った男、典子は淫婦《いんぷ》、そういうふうに思われて村八分にでもされる。ここはそういうところなんだよ」

確かに、他所者の私たちには理解し難い感覚かもしれません。

「だから、か」

周平さんが言います。

「弟を、財産欲しさに殺そうとした犯罪者になれば、警察沙汰になれば、本当にろくでなしだったんだな、って周りが思う、か。それで離婚してその後に結婚すれば、これで良かったんだと皆が思うっていう筋書きか」

マリナさんが、小さく顎を動かしました。

「とても篤さんが一人で考えたとは思えない見事な筋書きだけど、マリナさんが考えたのかい？」

ううん、と、マリナさんは首を横に振りました。

「あたしにも、煙草を貰える?」

「あぁ、ごめん」

周平さんが煙草を渡して、マッチの箱を机の上で滑らせました。慣れた手つきでマリナさんが煙草に火を点けます。

「あたしは、セリフは考えさせてねって言っただけ。最初からこの人が、猟銃があるからそれを使えるって考えたのよ。弾《たま》は入っていなかったわ」

周平さんが頷きます。

「でも、君は篤さんの考えに乗ったんだ。篤さんと一緒に行くつもりだったんだろう?」

煙を吐いて、こくん、と、頷きました。

「ろくでなしだけど」

私には優しい人よ、と、小さく呟きました。

「僕に本当に撃たれたらどうするつもりだったんだ。死ぬんだぞ?」

「日本の警察は撃たねぇだろう。それに、聞いたんだよ。あんたは射撃の名手だって」

どこから聞いたんでしょう。

あ、でもそういえば清澄さんには言ってしまったような気がします。それが篤さんの耳にまで届いたんでしょうか。

「そうか」

周平さんが、煙草を揉み消します。

「僕は、拳銃を使ってしまった、撃ってしまったんだから、当然これは事件としてきちんと報告しなければならないところなんだけど」

「事件だろうよ。さっさと逮捕してくれよ」

「いや」

「いや？」

「さっきの騒ぎを一一〇番した人はいない。確認済みだよ。だから、これを知ってる警察官は僕だけだ。僕が、誤射してしまったことにすればいいだけだよ。それこそ熊と間違ってイノシシを撃ってしまったとかね」

「ごしゃ？」

「間違って、撃ったってこと。僕は拳銃を間違えて撃ってしまった。始末書を一枚書けば済むことだ」

「待てよ」

篤さんが思わず腰を浮かせました。

「お前、話聞いていたか？　何のために面《つら》突き合わせて話をしたんだよ！　俺は、犯罪者として逮捕されなきゃならねぇんだよ。そうしないと、淳と典子は一緒になれねぇんだ、この村ではよ！」

　周平さんが、少し笑みを見せました。

「だから、逮捕されたってことで村を出ればいいだけだろう？」

「あ？」

「隣の人は、君が騒いでいるのを聞いた。そして僕が撃った銃声も聞いた。それでとんでもないことを君が起こしたのも知った、いや朝になったら知るんだな。別に新聞に載らなくたって、僕に逮捕されたということがわかれば充分なんだろう？　ろくでもない兄貴は逮捕された。残された奥さんとは離婚した。可哀相な奥さんだったけれど、弟と一緒に元気でやっている。そのうちに結婚するんじゃないか。ほら」

　両手を広げて、周平さんが笑います。

「完璧なシナリオじゃないか。君とマリナさんが考えた通りだろう？」

「いや、だから逮捕は」

「逮捕はできない。まぁせいぜいが銃の不法所持かもしれないけど、実は昔の熊撃ちの猟銃なんかは届け出の制度ができる前から農家や山村の家にある場合が多くてね。それが見つかったとしても不問になることがあるんだ。そもそも君は今回は撃ってもいないから、ただ家にあったものを振り回しただけだ。子供が知らずに遊んだのと同じだ」

「子供って」

確かにそうかもしれませんね。本当に猟銃を振り回しただけのことですから。しかも弾も入っていなかったんですから。

「だから、送ってあげるよ。駐在所の警察車両のジープでね。赤色灯のランプは村を出るまでは回してあげるよ。それで充分、ここの皆さんは理解できるだろう。田辺の兄貴が連行されたって」

「送るって、どこへ」

周平さんが肩を竦《すく》めて見せます。

「雉子宮を出て、どこか都会でマリナさんと新しい生活を始めるんだろう？　交通費が浮いていいじゃないか。横浜でも東京でも送ってあげるよ」

ただし、と、周平さんは付け加えました。

「そこから先、どうするか、どこへ行くかをちゃんと教えてくれ。僕じゃなくても淳くんの方でもいい。それから」

周平さんが、右眼を細めます。

「マリナさんを泣かせるようなことがあれば、また暴力でも振るうことがあったら、どこに逃げようが、地の果てまででも捜し出して逮捕する」

いいな？　と、人差し指を真っ直ぐに立てて、篤さんを見据えました。

本当に、すぐに赤色灯を回したジープで、周平さんは篤さんとマリナさんを乗せていきました。ただし、横浜でも東京でもなく、田平のマリナさんの部屋へです。

淳さんと典子さんにはもちろん、周平さんが話をしに行きました。本当のことを全部話しました。淳さんは、何を馬鹿なことをと怒ったそうです。でも、典子さんと二人で泣いていたそうです。

後から、篤さんから典子さんに離婚届が届くはずです。

もちろん、新聞にもニュースにも篤さんが逮捕されたことなど載りません。そもそもこんな田舎の騒ぎがニュースになるはずもありません。

それでも、話はあっという間に広まっていきました。弟を殺そうとしたとんでもない兄貴は逮捕されたと。もちろん、聞かれたら周平さんは答えました。逮捕などしていませんよ、と。どこか遠くへ行って元気にやっているんじゃないですか、と。

〈誤射、です。周平さんは間違って拳銃を一発撃ってしまったのです。それは始末書ものだそうです。でも、野生生物へのものだとすれば、何とか反省文だけで済ませられるんじゃないかって言っていました。反省文ぐらいなら出世する邪魔にはならないと笑っていましたけど、そもそも周平さんは偉くなろうなんて思っていませんよね。

その反省文は、直接ではないにしろ、そして今回のことを終わらせるために必要と判断したとはいっても、人に向けて拳銃を撃ってしまった自分への戒めだとも言っていました。

人間は愚かな動物だと何かで読みました。愚かだから、賢くなろうとする。知恵をつけようとする。いろいろ考えようとする。その結果、愚かな道へ進んだりするんだと。それでも、その愚かさは愛情故なのかなと理解しました。

そして、その愛情があれば、お互いに理解できれば、愚かな出来事もいつか笑い話にできるんじゃないかと思いました。〉

エピローグ

秋のうちに作ってしまいたい、と、圭吾くんがお風呂の改装を始めました。周平さんと圭吾くんが二人で入っても余裕のある檜の大きな風呂桶を置くんです。

材料はもう全部トラックで運んでしまったので、作るのは全部一人でできる、と圭吾くんは言っていたのですが、周平さんもそういう作業が好きですから、手伝いたいのでぜひ造作は日曜日にやってくれとお願いしたんですよね。

土曜の夜に明日は何事も起こらないようにと願いながら寝て、翌朝は早起きして、朝ご飯もそこそこに二人で作業を始めました。頑張れば、何とか今夜は新しいお風呂に入れるのではないかと言っていました。

「でも大変よね」

私は駐在所の事務室で、早稲ちゃんと二人で留守番をしていました。どのみちこの手では手伝いもおぼつきませんから、後でお昼ご飯に美味しいおにぎりとお味噌汁を作って頑張ってもらいます。

「あの小判形の風呂桶の解体から始めるんだもんね」

早稲ちゃんが言います。

「でも、あの形の風呂桶は周りを留めている留め金を外すと、全部バラッと壊れるのよ確か。釘《くぎ》打ちとかしていないから」

「そうなの？」

「確かそのはず。だって、釘を打つってことは穴が開くってことで、そこからお湯とか漏れるでしょう？」

ポン、と、早稲ちゃんは手を打ちました。

「考えたこともなかった。そういえばそうよね。お風呂で常にお湯が入っていてしかもすごい圧力なんだものね。じゃあ新しく作る風呂桶も」

「釘は使わないはず。よくわからないけど、こう、うまく組み合わせて作るのよね」

木工にはそういう技術があるはずです。木ですから、水を張ることで水分を吸って膨張してぴったり合わさって漏れなくなるんですよね。

そう言うと、早稲ちゃんが感心したように頷きます。

「そういえば社もそんなふうに作られているはず」

「あ、そうよね。大昔に作られたんだものね」

「技術よね」

しみじみと早稲ちゃんが言います。それから、ふと、といった感じで私の手を見ました。

「花さんも、技術を持っていたのよね」

「技術？」

あぁ、と思い当たって苦笑いしました。外科医としての技術ですね。

「そうね。確かに外科医と大工さんの技術って、通じるものがあるかも」

人の身体と一緒にしては怒る人もいるかもしれませんが、間違いなく外科手術は技術です。

「研究と経験によって培われた技術が、手術を成功させるの。そのためには何度も何度も手術を経験して、技術をこの手に染み込ませる。そういう意味では、人の病や怪我といった不幸がなければ私たちの技術は進歩しないから、因果なものよね」

その話は、よく医師仲間でもするものです。

「花さん」

「うん？」

「もしも、もしもよ？　いやそう願っているんだけど、その指が以前のように動くようになったら、お医者さんにまた復帰する？」

真面目な顔をして、早稲ちゃんが私を見ました。

「うん、そうね」

この指が治ることを、また元通りに動くようになることを目指して毎日日記を書いたりしています。

「治ったのなら、その技術は人のために、病気や怪我を治すために頑張って培ったものだから、またそのために使いたいって思ってる」

「横浜に戻って?」

ちょっとだけ早稲ちゃんの眼に何かが揺れました。

「それは、どうかな」

もちろん、周平さんがどこかの駐在所か交番に異動することも考えられるから、今は考えもしていないけれど。

「ここで、病院を開くことだってできるよね」

開業医になるのは、医者であれば誰でもできることです。現実にはとんでもなくお金が掛かってしまいますけど。

早稲ちゃんが、眼を輝かせました。

「それ、いい!　あ、きっと圭吾くんならここを医院に改装することもできる!」

「あ、そうね」

それはいいなー、って嬉しそうに早稲ちゃんが言います。

いつかここを離れると思って暮らすのではなくて、いつかここで根を下ろす、と考えて過ごす毎日。この手が動くように願うんじゃなくて、ここで医者をやるために絶対に動くようにするんだって思って過ごす毎日。

「うん」

考えてみるのも、いいかもしれないって思いました。周平さんと一緒に。

『あの日に帰りたい　駐在日記』二〇一九年九月　中央公論新社刊

中公文庫

あの日《ひ》に帰《かえ》りたい
——駐在日記《ちゅうざいにっき》

2021年5月25日　初版発行

著　者　小路《しょうじ》 幸《ゆき》也《や》

発行者　松田 陽三

発行所　中央公論新社
〒100-8152　東京都千代田区大手町1-7-1
電話　販売 03-5299-1730　編集 03-5299-1890
URL http://www.chuko.co.jp/

DTP　嵐下英治
印　刷　大日本印刷
製　本　大日本印刷

Published by CHUOKORON-SHINSHA, INC.
Printed in Japan　ISBN978-4-12-207068-4 C1193

定価はカバーに表示してあります。落丁本・乱丁本はお手数ですが小社販売部宛お送り下さい。送料小社負担にてお取り替えいたします。